MARK
麦客文化

有规划的人生不迷茫

林特特 著

宫学萍 点评

化学工业出版社

·北京·

书中记录的，是这样一些人：他们初入社会，愿望美好，经验单薄，在各自选择的工作和生活中磕磕碰碰，虽一直被生活怠慢，却始终都不肯放弃梦想。

本书的故事，并没有教你去实现多么伟大的理想，有的只是普通年轻人面对现实生活的勇气和智慧。作者从一个旁观者的角度，呈现了他们步入社会之后真实的经历和感受，把他们的恐惧、委屈、拧巴、困惑、坚持和顿悟，都逐个融化在能促人反思和激发勇气的笔尖。

请相信你经历的是同龄人都正经历的；你经历的，过来人也都经历过。你不是一个人。慢慢来，你会知道人生的答案。

图书在版编目（CIP）数据

有规划的人生不迷茫 / 林特特著；宫学萍点评．—北京：化学工业出版社，2019.4

ISBN 978-7-122-33769-6

Ⅰ．①有… Ⅱ．①林… ②宫… Ⅲ．①故事 – 作品集 – 中国 – 当代Ⅳ．① I247.81

中国版本图书馆 CIP 数据核字（2019）第 018598 号

责任编辑：张　曼　龚风光　　　　内文设计：梁　潇

责任校对：王鹏飞　　　　封面设计：今亮后声 HOPESOUND pankouyugu@163.com

出版发行：化学工业出版社（北京市东城区青年湖南街13号 邮政编码 100011）

印　　装：大厂聚鑫印刷有限责任公司

880mm×1230mm 1/32　印张 7½　字数 200千字　2019年5月北京第1版第1次印刷

购书咨询：010-64518888　　　　售后服务：010-64518899

网　　址：http://www.cip.com.cn

凡购买本书，如有缺损质量问题，本社销售中心负责调换。

定　价：39.80元

自序

这本书的大部分，写于几年前。

毫不夸张地说，那是我人生的幽暗期——

刚毕业，梦想很大，但现实束缚，总觉得没有出头之日。于是，我写自己的故事、朋友的故事、朋友的朋友的故事，及各式道听途说的故事。

一段时间内，只有写出来，得到读者回馈，看到专业心理咨询师的点评，现实中的迷茫、困惑才能得到安慰和治愈。它们让我熬过对自己的各种不确定和刚出校门徘徊在社会边上时必经的不适应。

整理本书书稿，我如回顾那些年。我身边最亲密的人几乎都做过我故事的原型。当时当地，他们倾诉，我记录。不知道为什么，总相信我们的心声、经历很有代表性，一定会赢得共鸣。如，写《临近三十岁，我依然单身》时，我即将三十岁。青春的尾巴即将到来，而我一事无成，除了怨念，我还悲愤：上完学毕业都二十五岁了，再在这个城市安顿下来又是好几年，还没开始享受生活、规划人生呢，竟然已经三十岁了！怎么办？我发现恐慌的不止我，我周遭的同龄人均如无头苍蝇，又忙又迷茫。我至今记得，这篇文章发表后，收到样报，在办公桌上摊开，我读到自己的文章时心里的震动：原来根本不用怕，原来危机感未尝不是件好事，原来一个特定的时间节点恰恰可以提醒你盘点人生的库存，想清楚了，再起航。

是啊，根本不用怕。

本书几经删改，将年轻人最常遇到、最具共鸣的事儿，呈现在你面前，除了说故事，还有分析及解决方案。

虽说，每代人都有每代人的烦恼，但在同一个人生阶段，在相似的大时代背景下，烦恼的核心基本相同。当初，我们背起行囊从大学宿舍迁出，或扎根、或漂泊、或留守，在谋生、谋梦、谋各种爱的路上跌跌撞撞。但，请相信你经历的是同龄人都正经历的；你经历的，过来人也都经历过。你不是一个人。

希望在阅读本书的过程中，在相似的成长轨迹中，你能得到借鉴，继而规划好人生，稳打稳扎，成为理想的自己。

多年后，提起那一刻看来无法迈过的坎儿，云淡风轻，相信一切都是最好的安排。

感谢心理咨询师宫学萍的点评，自中国青年报写专栏时，我们就是最好的搭档。

目录

第一章

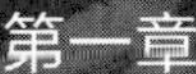

如何靠近你的理想

用化整为零的计划，靠强悍神经、强执行力，先安身立命，再以梦为马。

1.

二十年后，这不过是人生的小浪花

胡静动过轻生的念头。

那年三月，在外企搏命的她一夜之间失去了工作，也失去了恋人。

工作没啥好说，那段时间，每一天，那栋都市著名的写字楼里，电梯一打开就有人捧着纸箱垂头走出。而无论当时还是现在，胡静除了沮丧，并不觉得有什么好自责的。她曾是这家银行唯一一个连升七级的员工，她的生活照曾配以个人业绩介绍张贴在各个分行的光荣榜上——真的要怪，就怪时机不好吧。

倒是男朋友，让胡静颇为纠结了一段时间。

胡静离过一次婚，遇见男朋友王时距离婚已有半年。情到浓时，王曾跪下来求胡静跟他走，他说他一天也离不开她，但他的事业在深圳，胡静“昏了头”，真的抛下一切来到深圳。出深圳站，王左手拉着胡静，右手提着行李，人山人海，他低声耳语：“我会好好对你。”

一切都挺有希望的，不是吗？

不是。

刚失业那会儿，胡静不相信自己的运气这么糟，一个资深理财经理，会找不到工作？她每天都在找——出去找，在家找，上网找。

然而，就是在上网找时，才发现了不对劲。

胡静看到王的聊天记录，和别的女人的聊天记录。

不只是网恋或出轨，王还有和女网友裸聊的癖好。

像是有只苍蝇横在胡静的喉头，她吐不出来，咽不下去。她质疑自己的眼光，甚至智商。再接着，她和王分手了。

原来，再深情的面孔也会有变脸的那一刻。

两年感情化为乌有，还原成最纯粹的元角分的分割。无休止的争吵，无休止的算账，王最后承认欠胡静四万块钱，但他搬走后，手机就关了，再打，便是停机的消息。紧接着，胡静发现自己的存款也被取空了。

失婚、失业、失恋，人财两失。

胡静又失声了。她跑医院跑到腿软，吃药打吊瓶，愣是说不出话。有几次，她抓着头发想轻生，又几次克制住。

宅着静养，胡静没日没夜地看电视，直至迷上了《兄弟连》。

是啊，每一集开头，温斯特将军都在倾诉，故事本身就是以温斯特的回忆录形式展开的。你担心剧中所有人的结局，但你无须担心温斯特，因为对于他，那段过去已经过去了，相反，你还会羡慕他有那样珍贵的经历。

胡静开始渴望有张书桌。在昏黄的灯光下,她静静地写回忆录:"那一年,我不可能更糟糕了……"结尾是"还好都过去了",或是,"我很感激那段经历,正是有那段经历,我才……我变得……"

这便成了一个游戏。

每天,胡静起床洗脸时,总觉得万念俱灰。

但少顷,脑子清醒,心情还有些沮丧,胡静便开始给自己做心理辅导。她幻想已是二十年后,坐在书桌前,静静地写回忆录。游戏中,她想象着、酝酿着要写在回忆录里的话。

"工作不好找,我就握着简历一家一家去敲门。我甚至放弃曾有的职位期待,从最基层做起。"——两周后,胡静真的握着简历一家一家锲而不舍地去找工作了。

"家人对我很重要,我很佩服自己自始至终没透露半个字给他们听。"——胡静恢复打电话给父母的习惯,听到他们的声音,她的心真的会安定很多。

"经历这么多事,我庆幸我还相信爱情,所以我才遇到后来的先生。"——胡静穿上鲜艳的衣服,薄施脂粉,和这城市不多的朋友们聚会,再发展越来越多的朋友,她甚至去交友网站注册。她不知道游戏中的话能不能实现,但起码在实现的路上吧。

……

有一天,胡静浏览网页,在一桩轰轰烈烈的新闻里,主人公对记者说:"二十年后,这不过是人生的一朵小浪花。"

胡静想笑，想到她的心理游戏——是啊，二十年后，她会对自己说，你熬得过去，你当年是怎么熬过去的。

然后，她真的熬过去了。

你手中的西窗

辛觉发现那张纸条纯属偶然。

他在出版社做编辑，那天一上班就看到校对公司校完又返回的书稿。

翻至第 74 页，辛觉突然发现接下来的这张纸与该书稿无关。他挑出来，搁在一边，再一看，停住了。

这张 A4 纸的正面是某张废弃的稿子，几行铅字，剩下的是大幅的图，留白处颇多。而正是留白处，隐隐渗着背面蓝黑墨水的字迹。

辛觉便翻过来看。

纸的背面写着：

“拿到本科证，两年。”

“考研，三年。三年考不上就读在职研。”

这是学业。

“校对，好校对，差错率努力到零。”

“拿到本科证，图书公司应聘编辑。”

“拿到硕士证，正规出版社应聘编辑。”

这是职业。

“存钱、存钱、存钱，学习、学习、学习，存够学费！”

这是经济。

“地下室怎么了？这次租的已经有窗户了，比刚来时好多了。”

这是现阶段。

“毕业一年多，来北京也有半年了……不能总保持阴沉的心情，看到比自己小很多的姑娘们都做了那么多事，吃了那么多苦，我这又算得了什么？这里有这么多知识要学，有那么多书可以看，改变一下吧，别让自己那么不快乐。”

这是自我激励和安慰。

“用五年改变自己。”

这是总结和计划。

辛觉先是愕然，继而会心一笑，再灵机一动，拿着这张 A4 纸，与书稿上校对的笔迹一一核对。

没错，一定是校对公司的校对员写的，又不小心夹在书稿里了！

如果真的是个校对员，辛觉大概知道她现在的状况——大专毕业，北漂，住地下室，拿很少的工资，辛觉清楚那家校对公司的员工待遇。

辛觉再次拿起纸条端详。

嗯，这姑娘看来曾“阴沉”过一段时间，现阶段最大的目标是去正规出版社当编辑——她想了那么多，并在此处搁笔。为了这个目标，她逐条写出接近目标的策略，从学历到转行到换工作的步骤，还在一旁列出现阶段能做什么，要看哪些书。

辛觉有点儿想笑，笑这姑娘要是知道这么私密的心灵计划被一个陌生人看到，该有多么尴尬啊！想完，辛觉又有点儿想哭。

办公室没有别人，他点一支烟，想起了自己的纸条。

其实他很熟悉这种纸条，写在某张纸的背面。不敢或不想拿一张正式的纸，是因为它太私密，只想写给自己看。

他还记得他写纸条的日子。

那时，水产大学毕业，在水族馆上班，他以为这辈子就这样完了。可他很清楚，自己仍很喜欢做和文字有关的工作，于是猫在值班室看考研书，想报考知名大学的中文专业。有时，他又对自己说，别痴心妄想了，但又心有不甘。说着说着，他又在草稿纸上顺手写些什么。就这样，无数次的顺手。

一直以来，辛觉以为这是只有他才知道的心理游戏。想超越现实，列出一个最想达到的目标，研究卑微的自己和目标的距离，给自己一个耐力能撑到的时限，再给出一个看上去能操作的计划，计划详细倒推至自己现在要做什么。

不过这种心理游戏已经久违，自从在这城市扎下根，有份稳定体面的工作，又有些年头了，辛觉已经麻木，他近乎忘记，曾经为理想奋斗过。

工作总是重复而烦琐，每天一睁眼就欠单位四万字的看稿量。

收入永远不够买房的，选题过不了，领导不重视，同事使绊子，同学总是比他进步快。

做上喜欢的工作也未必心情舒畅，辛觉越来越清楚地感觉到自己日渐消沉。他现在似乎被一把钝刀子割，钝刀子是惰性，也是环境，还有各种远离核心、骚扰核心的纠纷——核心，便是他最想干最该干的事。

手中这张纸条，让辛觉拿起笔。

他一个一个列目标，计算着自己和目标的距离，倒推今年要做什么，这个月要做什么，此刻要做什么。

“我要做个好编辑。”

“我该关注市场，做几个好选题。”

“我要跳到更适合我发展的出版社。”

“我要写一直想写的小说。”

“我要健身。”

“我要读书。”

……

辛觉的心里突然有了谱。年少时常玩的“目标、距离、做什么”的心理游戏让他精神焕发。

其实就是这么简单。你再处于低谷，只要你能想到的巅峰不是幻想，和低谷的距离就能明确计算出来。剩下的，就是怎么完成了。

半年后的一天，一个同事对他说：“好烦啊！辛觉，我做什么都没劲，真不知道成天忙忙碌碌、浑浑噩噩究竟有什么意思。”

辛觉正在收拾抽屉，他想起那张 A4 纸，便拿给同事看。

同事不明白他的目的。

辛觉没提“目标、距离、做什么”，说的是这些日子来他玩的另一个心理游戏。

“有一天，我突然觉得不该再沮丧，我有使不完的劲。当时手机里正在播放许巍的歌，‘那一年，你正年轻。总觉得明天肯定会很美，那理想世界就像一道光芒，在你心里闪耀着……’

“我一下子想到了这张纸，写这个的小姑娘最想达到的目标，不过是你我今天所拥有的。其实我和她一样渴望过，只是日子久了就忘了。

“如果你不断提醒自己，五年前你想变成什么样，现在，你的心里就会很平静。那时我想达到的‘西窗’不过就是今天的拥有，我很满足。那么你今天想达到的一切呢？只要你还活在‘那一年’，就都会达到。”

心理师点评

低谷时的心理游戏

为什么刚刚出生的小婴儿会在饥饿时哭闹不止？

而我们这些成年人就不会。

甚至连端坐在教室里坚持最后一节课的小学生也不会。

因为我们这些成年人和小学生心里都十分清楚——虽然现在自己饥肠辘辘，但是无论如何，我们是绝对不会饿死的；等到会议结束，可爱的下课铃声响起，我们就可以收拾东西，找地方填饱肚子了！

小婴儿就没有这个能力。他们甚至不知道，自己正在经历的这种貌似排山倒海的痛苦，仅仅就是“饥饿”，更不知道要对付它其实十分容易，吸几口奶就万事大吉了。所以，每当饥饿的感觉降临时，他们除了本能地通过身体表现出极度的不安之外，不能再做任何事来安抚自己的焦躁。因此，有一部分心理学家相信（以客体关系学派的克莱茵为代表）：婴儿由于无法“理解”自己身上正在经历的事情，因此时常处在一种强烈的毁灭感的恐惧之中。

不过还好，他们都有妈妈。不用太长时间，被妈妈照顾得比较理想的孩子，很快（大概只需几个月的时间）就学会了安心等待妈妈解开胸前的扣子（或者冲调好香甜的牛奶）——此时的他们，至少在“饥饿”这件事情上，已经具备了一定的耐受能力。而其中的关键就是，他们的心智，已经发展到可以“预计”饥饿的痛苦即将过去。

换句话说，当我们确定地知道，自己眼下正在经历的痛苦，在未来一定可以终结，那么此时此刻的痛苦，就会不可思议地变得似乎不那么痛苦，就可以被忍受了——这就是故事中胡静在经历人生低谷时和自己玩的心理游戏的基本原理：在“未来镇静自若的自己”和“此刻抑郁低落的自己”之间划一道时空的界限，用一个过来人的眼光看待现在一时不知如何是好的自己，安慰自己、鼓励自己、陪伴自己。

可以说，绝大多数遭遇负性生活事件、情绪低落至无法自拔的人们，就好像一个因为肚子饿而焦躁不安的婴儿，过度沉浸在当时的痛苦之中，甚至忘记了其实自己还有很长很远的未来。或者说，当灾难化的非理性思维出现之时，即使有外人提醒他们去想想未来，当事人也会极端消极地将它预计为一团乌黑。

换句话说，那叫作“绝望”。

所以，每每绝望前来拜访的时候，我们也许可以考虑借鉴资源取向治疗师常用的一个小方法：在时间轴上反过来，到曾经发生过类似事件的时光之中去找答案，努力寻找支持当时的自己咬紧牙关不放弃的事物有哪些，方法是什么，看看它们换在今天能不能同样适用。

比如，让一个初入职场、十分怀疑自我的女孩，回忆她曾经作为插班生所经历过的痛苦的初三岁月。突然之间，她就会发现原来自己“挺能扛事儿的”，而且她还要感谢当时身边那几个和她一样被班主任建议“不要考高中”却一直努力不放弃的好兄弟。也许，此刻的她最需要的，就是一两个像这样可以一起抱怨完毕继续努力的同行者。

如果还是不行，对于很多一时间身陷低谷的朋友来说，还可以试试认知心理学家的另外一个好办法：找一张白纸，把头脑里那些翻腾许久的自我批评、自我诅咒（比如，“我就是一个大笨蛋”，或“我这辈子是没希望了”等）逐字逐句写下来，大声地读出来，用手机录下，然后再大声放给自己听。

如果这时身边有个朋友就更好了（没有就赶紧找一个来），把那张糟糕的纸塞给他，让他大声读给你听。

这是一件很神奇的事情。通常，如果我们身边有人如此直接地对我们提出类似的批评，我们的第一反应就是立刻大声驳斥对方的意见，迅速在大脑中搜索对抗的理由。可是，如果这些消极的意见是来自我们自己心底的声音，我们的脑袋似乎就会在瞬间投降，任其摆布。所以上文列举的这一个小方法，就是一个和胡静玩的差不多的心理游戏，可以帮助我们在垂头丧气时恢复一点儿理智，找到战胜困境的信心。

3. 给我一块面包，还你一棵面包树

小原辞职将近一年半。

此前，他在某大型网站当编辑，收入不错，常加班，节假日是最忙的时候。小原辞职，对外宣称是工作久了有点儿烦、有点儿累，想放个大假好好休息，但真实的原因则不然。

小原文笔好，虽然本科、研究生阶段学的都是化学专业，但他自本科阶段起就勤奋写作。起初，他在网上自顾自地写，后来粉丝渐众，每天都有很多人在电脑那端期待“下一段”，再后来“原子弹”竟成了小原读者的代名词，小原信心大增。等到读研时，小原的网络小说终于受到出版社的青睐，当别的同学把业余时间花在通过电脑和手机看小说时，小原已出版了第一部作品，并构思创作下一部了。

走出象牙塔，走向各式招聘会，同学们拿着毕业证寻找与本专业相关的职位，小原却背着行囊来到了北京。他热爱文字，想找一份和文字相关的工作，几经周折，权衡利弊，他去了那家大型网站。

北京是个寻梦和让梦实现的好地方。

小原在工作中会接触到形形色色的名人。他发现名人私下里也很普通，而且很多名人之所以成名，都源于很小的契机，但成名背后，他们却有着异乎常人的对理想的坚持。

“我的理想呢？我该不该坚持呢？”加班到夜深，小原望着窗外的夜景，想起了遥远的梦。

他想起他的第一部小说，封面上晚霞一样的绯红色。那时，捧着新书，小原一度以为他的文学梦已经实现了，知足了。但现在，眼界宽了，思考问题的方式不一样了，小原越来越觉得，他的梦不仅是出一本书，他还热爱文学，他的潜力不止于此，他需要做的只是坚持到底。

日复一日的辛苦工作，精神和肉体双向透支，成为小原写作的最大障碍。

又一次加班结束，已是凌晨。小原走在大街上，看着零落灯光与闪烁星光遥相呼应，不知为什么，他颓然坐在马路边，少顷，号啕大哭起来。

第二天，小原提交了辞职申请。部门主编问他原因是什么，小原说：“我不能眼看着热情逐渐消逝却无能为力。”小原的话没人听得懂，他索性又编个大家都能明白的理由，“太累了，想放个假。”

这以后，小原闭门谢客，全心写作。

过去收入高，消费也高，小原并无太多积蓄；而京城不易居，离开京城，又会失去文化氛围，失去时刻感受精神受滋养的环境。小原咬咬牙，从城中心搬到五环外；从租两居换成租一居；从窝在星巴克听着音乐敲电脑，到终日蜗居啃着方便面写作。不论如何，就是不肯回老家。

坐吃山空，钱很快就花完了。

在老家的父母起初不知道小原辞职的事，后来，还是渐渐起了疑。小原往家里打过几次电话，都是上班时间；再加上他让父母寄点儿东西来，最关键的是寄钱，而且小原留的地址是民宅，并非之前的单位。

纸包不住火。

当老师的妈妈、做公务员的爸爸对于小原擅自辞职去搞什么文学创作，简直又吃惊又愤怒。他们来了一趟北京，勒令小原马上出去找工作，或者跟他们回老家，考个公务员，要不托人进个事业单位，“总之不能再任由你胡闹下去”。

这一刻，小原在父母面前低头认错，他的灵魂和思绪还飘在进行了一半的小说里：男主人公的对白，女主人公的反应，下面的情节怎样能在情理之中，又在意料之外呢？他想着想着出了神。

小原的无声被误认为是反抗，引起了妈妈的注意。她想起小原十几岁时因早恋遭到家人反对，也是这样的无声，之后，小原离家出走半个月——那种心力交瘁的感觉，她没齿难忘。爸妈对了一下眼神，决定智取。

爸妈请小原吃了顿大餐，又留下一万块钱。他们带走的是小原的保证——写作期间父母承担所有生活费用，但写完就要听父母安排。

小原诚恳地对爸妈说："你们放心，我会成名的，你们给我一块面包，我就能实现理想，还你们一棵面包树！"

写啊，写啊，写啊。

一万块钱，又一万块钱，又一万块钱。

小原重新坐回星巴克，边听音乐，边敲电脑，灵感如水银泻地，叮叮咚咚在脑海、在指尖发出悦耳的声音。

快过年了，小原回到老家。

他从火车站打车到家门口，车停下，他一掏钱包，却发现钱不够，于是打电话给爸爸。

爸爸下来接他，并付账给的哥。上楼时，爸爸意味深长地对小原说："等你到我这个年纪，还要在深夜跑下楼给儿子送打车费，不知道你会怎么想。"

爸爸掏钥匙开门，小原跟在身后，看见爸爸微弯的背，有些心痛。

他本来有个好消息想告诉爸爸的，现在根本说不出口。他想说，"有业内人士看了我的小说，建议我再花点儿时间改成剧本，一定能红……"

4. 何处是归程

周鹏爱喝茶。

去年，朋友张回国，不知收了谁一盒好茶，见到周鹏时，又把茶转送给他。

两筒铁观音被黄色锦缎包裹，装在精美的茶叶盒里。周鹏打开盒盖，小心取出，再拆开其中一个小小的茶叶袋。水开，沏茶。茶香里，周鹏靠在沙发上，第一千次回忆起他和张的留学生涯。

那时，意气风发。

顺利考托福，顺利办签证，顺利拿到奖学金。其实只要关乎学业，周鹏就一直比别人运气好。他还记得，踏在异国校园的土地上，脚步匆匆，落叶沙沙，每一声都好似极轻微的祝福："前程似锦。"

和许多留学生不同，从一开始，周鹏就没打算回国。

骄傲的他做惯了榜样，在众人羡慕的眼光中，冲向一个又一个高峰。他好强，家族里唯一能和他一较高低的只有表哥。表哥比他长一岁，高一届。高考时，表哥考了 555 分，他当时就拍着胸脯对妈妈说："等着明年我考 666 分。"第二年，周鹏果真考了 666 分。后来表哥做了本地的公务员，周鹏又暗暗发誓，要考个国家公务员。

但表哥很快觉得铁饭碗没意思，准备出国。周鹏比表哥申请得晚，却比表哥出国早，在表哥一遍遍被大使馆打击时，周鹏已身在异国，并准备一直留在异国。

然而，中国学生拿手的是考试。

周鹏学的是设计，找工作时，黑压压一屋子人一起参加面试。每个人当场举起自己的设计作品，解释、分析、论证好在哪里，创新点在哪里。这阵势、这方式，周鹏自知他不是本地学生的对手。

好运气似乎只和学业有关。

周鹏选择继续读书，等他终于决定回国时，已扛着两个硕士学位，一个博士学位。这时，当初一起入学、没放弃找工作的朋友张已在一家大公司干得风生水起。

好运气真的只和学业有关。

在国内，工作也不好找。这些年，周鹏只是读书，两耳不闻窗外事，长期在国外，对中国人特有的复杂人事关系，周鹏完全不知该怎么应付。除了工作，国内的环境也让周鹏觉得不知所措，哪怕过马路时行人的横冲直撞，也让他心生恶意、唉声叹气。

回国六七年了，周鹏出去找过几次工作，每个工作都不超过三个月。

他常失眠，不怎么出门。出门时，他深陷的眼窝、眼眶四周深棕色的皮肤总让四邻感到吃惊，这还是那个意气风发的周鹏吗？

对他最失望的莫过于父母。

在国外那些年，虽然也打些零工，但大部分钱还是父母资助的。回国这么久，周鹏不烟不酒不结婚不恋爱，只好喝口茶，虽说花费少，但说起来还是靠父母养着。

经济是次要，精神上呢？周鹏眼看快四十岁了，未来在哪里，他不知道，父母更不知道。父亲一度叹着气对周鹏说："好在家里还有几处房子，以后你靠吃房租也能过日子。"周鹏本来就很敏感，听见父亲这么说火就更大，他说："我一个高才生难道要靠房租养活自己吗？"父亲看他一眼，想说什么，却被母亲拦住了。

周鹏心平气静时，对父母也会心怀愧疚。他不止一次对父亲说，等朋友张回国办公司，就是我大显身手的时候，你看上次、上上次，张回来和我聊天，还说让我观察下国内业内的动态呢。

那确实是朋友张说过的话，但张认真说时，已是十多年前刚毕业要找工作时；此后再说，张一部分是敷衍周鹏，更多的是安慰。周鹏又用来敷衍、安慰父亲。

说不清究竟为了敷衍和安慰谁，周鹏总装得煞有其事，此后，每日一起床，他就打开电脑，关注业内新闻，关注行业环境，隔三岔五给朋友张发邮件，一旦得到回信，就欣喜若狂。

张送的茶叶，包装盒精美极了。茶叶拿出来了，周鹏还特地嘱咐母亲，别扔盒子。

盒子的大小正好可以放下各类证书。比如，四六级证、本科证、硕士证、博士证，还有留学异国时，周鹏和朋友赵、钱、孙、李的照片，还有和张的照片。

心理师点评

志向远大的啃老族

理想是个好东西，尤其是对于朝气蓬勃的年轻人来说。

处在青春期的懵懂少年，最喜欢思考类似“理想”“梦想”“人生意义”这些隽永深刻的大问题。你我脚下踩着的这颗可爱地球，没有一分一秒，会因为多了谁或者少了谁，而改变它在宇宙中恒久运动的方向和速率。我们都害怕面对自己可有可无的尴尬境地，所以才迫切地想要在短短的一生中，留下自己对于这世界所产生的专属痕迹，找到自身存在的足够意义。

在这种“总要留下点儿什么”的动力之下，年轻的我们，才会不甘心成为面孔模糊的路人甲乙，才会在深夜中反省自己是否对当初设定的目标足够努力，才会在遭遇挫折和挑战的时候微笑着给自己加油打气。正是这种年轻人身上铂金一般闪亮的热情和执着，为我们原本平凡的生活注入了许许多多美好的东西。

唯一遗憾的是，随着年龄的增长和不同身份的叠加，我们每个人几乎都会或多或少地遭遇到现实对于理想的干扰。

比如，如何生计。

人总是要吃饭的，抚养我们长大的父母，也会一天天衰老。如何自食其力，给自己一份体面的生活，是每一个人成年以后不可回避的现实问题。

所以，心怀梦想的人们，日子总是要比安于现实的人过得辛苦和劳碌。情绪脆弱时，难免会心生怀疑——那些看似伟大炫目的理想之花，那些花费了我们太多心血去浇灌的希望，是否真的能够在现实生活的土壤里生根发芽？

所以，有很多当初被现实教训过的“成年人”，痛定思痛之后，就调转身来否定理想之于人生的意义，喜欢摆起一副见多识广的架子，教训年轻人不知天高地厚：“醒醒吧，傻孩子，理想又不能当饭吃！”

果真这么无奈？

理想一定会被现实践踏得粉身碎骨吗？

不是啊！

实际上，在追求理想的艰辛跋涉中，经常让我们痛苦绝望的，并不仅仅是囿于每天都要辛苦工作、赚钱养家这些现实问题的限制，（你怎么不说还要吃饭睡觉呢？这些琐事也要花费不少时间啊！）更为深层的是，我们总是试图在理想与现实之间保持简单对立的思维惯性——它们俩又不是奥特曼和小怪兽，哪儿有那么多的针锋相对、水火不容？

只有小孩子眼中的世界，才和他们的瞳孔一般黑白分明。有些人总是天真地以为，所谓实现理想，就像童话里描述的那样，在某一天获得某一种神奇的力量，瞬间手起刀落斩杀恶龙，从此成为万人敬仰的英雄——那只能说明他们还没长大。

在平凡岁月的磨砺之下，我们渐渐会领悟到——原来，那些可以在现实中开花结果的伟大理想，不管最开始我们憧憬它的时候看起来多么辉煌壮丽，实际上也不过是由一系列微乎其微的细碎部分组合而成的；要想实现它，就需要我们去经历一个漫长且常常是无人鼓掌的孤寂过程。

幸运的是，虽然理想总是很大，可我们的一生也着实很长。在追求理想的道路上，我们可以冲刺，也可以缓行，并不是必须一直保持180迈的大马力匀速前进。想想我们一天有24个小时，在每一个具体的时间点之上，我们都可以结合个人的实际情况，自行决定把接下来的一个或三个小时，具体划分给理想还是现实。

就像故事中心怀文学梦的小原，如果看到父母年事已高于心不忍，不妨先把饭碗的事情解决了，让老人家安心，自己也落得个耳边清净。接下来，再去认真统筹，安排自己的工作和生活，在每一天的时间里，努力发现可以留给理想的空隙。

生活中总是有些人，喜欢罗列现实条件的种种不足，以证明自己“永远无法追上理想”;还有一些人,总是借口“我要寻找梦想”，拒绝承担现实生活中自己应该担负的责任。这些一定坚持要把“理想”设计得“太过理想”的人士，从头到尾，都是自顾自地编个故事，欺骗别人的同时也糊弄自己。

不客气地说，他们还是不敢面对自己心中那些幼稚的地方——或者是懒惰，以为运气果真可以好到一蹴而就；或者是胆怯，害怕努力以后可能依然失败，不想面对真正的原因是自己的能力有限。总之，跟追求理想没半毛钱的关系。

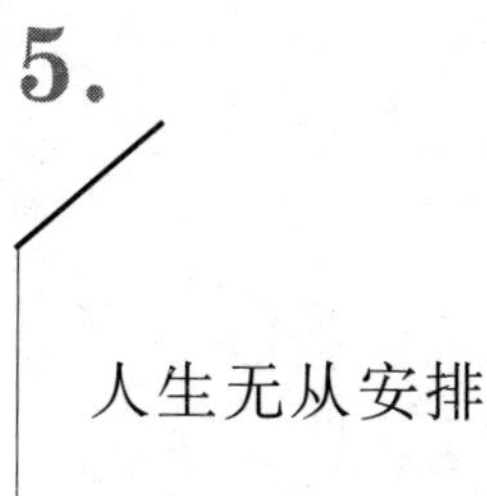

5. 人生无从安排

毕业后，谭小朵没找工作。

大学时代，她是班长，大部分时间花在各种活动上，谈恋爱后，心又被男友瓜分了大半。如果问谭小朵，四年来她最大的收获是什么，她会自豪地告诉你，一群好朋友，一份纯真的爱情。

谭小朵读的专业是中文。

大小考试，临时抱佛脚，专业课一直难不倒她。但英语讲究的是长线功夫，所以直至大四，谭小朵的四级也没过，更别说考研过线了。再接着，公务员考试，谭小朵做了分母，但男友刘泉超水平发挥，于千万人中脱颖而出，考取了上海某岗位的热门职位。

这时，找工作已到白热化阶段，刘泉建议谭小朵干脆别工作，来年考去上海，谭小朵思来想去，决定接受刘泉的建议。机场安检处，刘泉挥手喊："小朵！我等着你啊！"谭小朵的眼角有些湿。

全职考研，时间很满，心里却很虚。

谭小朵每次去母校上自习，进校门时，头皮都会硬几秒——怕门卫抽查学生证；看书时，她会情不自禁地想，要是考不上该怎么办？她的精神压力越来越大。

来年的考试，谭小朵毫无意外，又落榜了。她原以为刘泉会安慰她，刘泉却吞吐着："处长很器重我，给我介绍了他的侄女……"

失业、失学、失恋，谭小朵几近崩溃，她觉得自己一无是处，从能力到眼光。

她想出去走走，整个A市都让她想到和刘泉在一起的日子；她想去上海，问个明白，又怕自取其辱；她想工作，但最好的就业时机已错过。她每天都在查招聘信息，却一无所获，直至有一天，父亲对她说，有个老朋友在广州开公司，缺个做人事工作的。

谭小朵坐上南下的火车。这一去，客舍似家家似寄。

异乡的夜总是难挨，谭小朵习惯用加班打发多余的时间和精力，更何况心底总有个声音轻轻说，"一定要给爸爸争气。""嗯，一定要做一些事让我觉得自己不是太糟糕。"

从一无所知到熟悉人事工作，考取人力资源的各种相关证书，再到离开父亲朋友的公司，去更好的公司，谭小朵只用了两年。

谭小朵还在广州的一所大学读了人力资源专业的在职研究生。换了三家公司，职位越换越高，这时的谭小朵，向前来咨询的新同事熟练讲解各种保险和福利时，俨然已是业内资深人士。

谭小朵不再是那个傻呵呵抱着一摞小说第一时间跑到阶梯教室

为男友占座的单纯女孩了。有时,想到曾经的爱情和对生活的看法，她会觉得那时的她和现在完全是两个人。

谭小朵蜜月旅行时，上海是其中一站。

那晚，漫步外滩，微风徐来，新婚夫妇挽臂同行。谭小朵突然暗自感慨：大四之前，我一直以为我会在 A 市生活一辈子。后来追风考研、考公务员，男朋友也去了上海，我又以为，我的人生将在上海重新开始。没想到，一个人做什么工作，在哪个城市生活，和谁结婚，都和最初想象的不一样，我们的人生不过是一个又一个偶然的组合，无从安排。有时我甚至清楚地感觉身后有一只命运的手把我往前推，我抗拒不了命运，唯一能做的是顺其势、尽全力。

6.

“决定”决定了生活

齐小蕾是富家女。

大学时代，她的吃穿用度花销很大。大四时，别人为就业、升学急得焦头烂额，她却悠闲自得。路，早就铺好了。她要去英国留学了。

一年学语言，一年读硕士。回国后，齐小蕾又被安排到父亲的公司上班。父亲让她从文员做起，但公司重要的事情，如出国办推介活动、和老外谈判等，父亲总要把齐小蕾带在身边。

起初新鲜，久而久之，齐小蕾便有些厌倦。

她本科的专业是中文，可父亲做的生意却是服装，来往的人张口闭口不是贸易就是汇率，她觉得毫无意思。对工作内容不感兴趣，工作环境也没什么吸引力。比如，人人都知道齐小蕾是皇太女，她一进办公室，众人就从八卦闲扯迅速转变为勤奋卖力工作——同事们累，齐小蕾也累，自始至终，她都觉得孤独。在公司，她没有朋友。

偶尔，齐小蕾会怀念大四在某中学实习时的点点滴滴。

那时，齐小蕾的课讲得生动活泼，课堂上此起彼伏的笑声总让她的心飞扬到最高点。较之现在冷气十足的办公室，紧紧裹着腿的薄丝袜，贴满标识的文件夹，学生们争相回答提问时“老师——老师——”的呼喊，一个比一个举得高的手臂更让齐小蕾觉得有吸引力，起码有人气啊！

一日，齐小蕾参与公司在人才市场的招聘。

快要收摊时，齐小蕾四处转悠，无意间发现某双语学校在招教师，齐小蕾心一动。回到本公司摊位时，同事们见到她来，习惯性地急忙收声，埋头做事，这让齐小蕾又坚定了自己的想法。

连夜写简历，第二天，齐小蕾将简历投给了那所双语学校。

这个学校不缺语文老师，但齐小蕾的留学经历被他们看中，接着便是面试、试讲、正式聘用。

对于齐小蕾来说，一切都像做梦。

纸包不住火。齐爸爸拿到齐小蕾的辞职报告时，大声斥责齐小蕾“胡闹”，“你在那里也干不了几天！”“你辜负了我的栽培！”齐小蕾的情绪被齐爸爸的怒气煽动，她一急，索性喊道：“你是栽培了我，但你从来不问我乐意不乐意，从来不关心我想要什么样的工作和生活！”

齐小蕾和这所双语学校签了三年约，仿佛与父亲说的“也干不了几天”赌气。三年之后，她又续签了。

齐小蕾捧着当地“教坛新星”证书回到家时，满面春风。齐爸爸轻哼一声，表示“这又有什么用”。直至有一次，齐爸爸与客户吃饭，随意聊些家常。客户突然发现齐小蕾就是自己孩子的老师，对齐爸爸肃然起敬，对齐小蕾赞不绝口，齐爸爸颇有些自得。那晚，他对齐小蕾说：“以后爸爸不说你辜负我的栽培了。”齐小蕾刚备完课，她冲父亲一笑：“一个人的决定，决定了她的生活。我这辈子到现在为止，只为自己做过一次主，幸运的是，我做对了。”

7. 我始终在起点

七年来，王小蓓没挪过窝，自然，这窝在外人眼里是个好窝。

毕业时，王小蓓被视为幸运儿，万金油专业、外地、女生，竟签约一个旱涝保收的单位——某电力公司，负责管档案资料，不但解决了户口，还解决了编制，大家纷纷表示羡慕。

王小蓓满心欢喜去上班。工作很快就上手了。每天就是泡杯茶，主任扔给她一摞资料，她整理资料、分类。闲来无事时，她上网看八卦，在某论坛做坛主，她觉得这样的工作真可谓“享清福”。

同学聚会，王小蓓总有意无意透露出在大行业、大单位的自豪与安心，仿佛整个社会在竞争，偏偏与她无关。大家一谈起薪酬，王小蓓就更得意了，她所在的虽说不是业务部门，但大树下面好乘凉，福利、待遇比同期毕业的同学高出好几个档次。

好单位让王小蓓保持着优越感。

但是，渐渐地，她发觉当初毕业时工作不怎么好的同学，反而有股冲劲——有人跳槽了，有人转行了，有人获奖了，有人升职了。倒是王小蓓的生活毫无变化，这让她的优越感如旧家具上的油漆，日渐斑驳。

即便在同单位，王小蓓也觉得她有点儿跟不上了。

同样曾是基层员工，一起去的同事中，林森已开始发挥写作特长，抽调去了宣传部门。一开始，林森既要兼顾本职工作，又要白天扛着摄像机，现学现卖，边学边做；晚上点灯熬油撰写先进人物报道，只为保证单位官网及时更新。看他两个眼圈乌黑的样子，王小蓓有些想笑：钱不多拿一分，还要动许多脑筋，花很多力气，有毛病吧？

可一次、两次、三四次，林森策划并撰写的专题挂在官网最醒目处，人也被正式调到宣传部门，专门负责网站维护。他还做了公众号，并利用公众号组织全集团年轻人做各种互动活动、沙龙，出风头，更出成绩，王小蓓心里又有些不舒服了。

同样做档案员，比王小蓓晚一年进单位的陆露一边工作，一边考证。说来好笑，爱吃的她，竟考的是厨师证；为了把美食拍得好看，她又出人意料地学了摄影。几年下来，陆露在各种和美食相关的APP、论坛都是数一数二的红人。

"不就想多挣点儿钱吗？"王小蓓暗暗嘲笑，可那天她打开手机，手机上本地新闻软件的一条推送格外醒目，王小蓓点开名叫"露露逛吃"的短视频，看到熟悉得不能再熟悉的同事陆露的脸，网名"露露"的她，正坐在某网红饭馆里逐一试吃、点评各菜品，语言诙谐、幽默、犀利、到位，王小蓓隐隐嫉妒着，又有点儿惊讶——怎么人人都在折腾啊！

几年了，王小蓓的日子和刚来电力公司时一样，不同的是，今年改革，精简人员，重组机构，一时间人人自危。

林森不用说，远走高飞了。

陆露辞职了，王小蓓问她打算去哪儿，陆露递给她一盒自制的奶油泡芙做临别礼，骄傲地说："我给自己干了，'露露逛吃'已经忙得我没空刷牙洗脸了。"

至于其他同事，直到分别，王小蓓才知道，他们都和陆露一样在工作期间考了各种证：工程师证、经济师证……各就各位再就业。

王小蓓有些茫然。昔日的优越感、安全感，被一次改制摧毁得烟消云散。而新领导话里话外，都让她心慌，是啊，领导当然希望有个多面手，而不仅仅是只顾着自己眼前一亩三分地的员工。

王小蓓想起，几年前，同事刘姐劝她的话："小蓓啊，你要有危机意识。无论在什么地方，太清闲了，或者，不做核心业务，就永无出头之日。"

当时，刘姐意味深长，王小蓓却觉得她瞎操心。于是，王小蓓选择充耳不闻，过她的小日子——上班混日子，下班泡吧、追剧、孵沙发。

行业培训，能溜号就溜号，更别说去主动学习了；至于行业外的事儿，就更不听不看不管了。

这一刻，王小蓓感到惆怅，她的起点和大家一样，但她一直没起跑。以至于过了几年，人人都跑出去好远，只有她还在原点。

心理师点评

生活中哪有那么多重大的转折

当代心理学界的多项调查研究发现，绝大多数我们认为“足以影响整个人生”的特殊事件，实际上对于当事人整体生活幸福感所产生的作用，通常在事件发生两三个月后，基本上就消散得无影无踪了。

甚至于，像重大疾病、丧偶这样的“重大打击”，对于大部分和你我一样的常人，都可以在事件发生之后大约不超过半年的时间里逐渐恢复。最终，大家的生活兜兜转转，大多又会回到原来的状态。

我们再来谈“毕业”这个话题。年轻时，我们常常会高估某一个所谓“人生转折点”的实际影响力，误以为那些在毕业时刻让我们羡慕不已的“幸运儿”（比如顺利出国，比如拿到某名企的录取通知书，比如嫁给某个高帅富），果真就会一辈子活在王子公主般美好的童话世界之中。

不过，生活与童话之间最大的不同就是，时光永远不会在生活中停止，它不急不缓地流淌。我们的人生，也不会随着任何一次“大事件”的如期（或者意外）光临而定格不动。就好像之前的故事里两个女孩毕业几年后，谭小朵不会因为她的白马王子的背叛而变成

“人生的失败者”一蹶不振；齐小蕾没有因为抵抗家族的安排而永远与父亲形同陌路；就连目前似乎原地不动的王小蓓，其实也可以随时决定自己是否要结束当下的恍惚状态。

近些年来，西方哲学的现象学流派逐渐被越来越多的大众接纳，其中有一个重要的观点：这个世界并不存在简单的线性因果关系，每一个事件的发生，都是围绕在它周围的许许多多不同因素共同作用的结果。因此，对于任何一个“结果”而言，也并不存在一个“重要因素”的重要性，大到可以被视作所谓的“根本原因”。

同样，毕业时，我们常常以为自己做出的某个决定“极其重要”，但事实上，那只是我们“以为”它们极其重要。

看看天空中那可爱的太阳，它每天都会从东方的地平线上冉冉升起，却从来不曾关心今天是不是你我的毕业日。我们的生活，实际上是由一个又一个接连不断的24小时组合而成的。从构建生命质量的角度而言，我们的每一天都很重要，又不是那么重要。简而言之，生活中没那么多重大的转折点，更多的是一系列细微细碎的作用点。

特特说

那些怀揣理想的年轻人

胡静又升职了，每个假日都在世界各地玩儿，她的靓照在朋友圈频频晒出，仍然单身，看起来精神饱满，永怀期待。

她的每一步如演员熟读剧本，一招一式照着演，前方虽硝烟弥漫，但你知道这是特效，本子里写了：英雄一定会来救美。

这种思维方式，与我不谋而合。

我是学历史的。历史及大历史告诉我，一切都会过去，一切都会到来。我们不能决定会发生什么，唯一能决定的是我们应对突发事件的态度。

战争、灾难、变故随时可能发生，如果不坚强，史书中那些疯的、自杀的、被奴役的就会是你。为了避免那一天可能到来，为了避免在街边烂掉、一蹶不振倒下的悲剧重演，何不将生活中的小挫折当成一次练手的机会？

胡静说，学会做自己温柔的妈妈。

她让我用长者或过来人的姿势和小小的自己对话，宠爱并试着安抚。真有趣。这游戏，我试了，有效，而且会上瘾，专门应付各种难关。

A4 纸上小姑娘的字迹在我脑海中至今清晰。

辛觉把那张纸保存得很好，他拿给我看时，是从书架上抽出一本书，书中折着它。速度之快，抽书之准，让我相信辛觉视它之重。

辛觉教我列计划，他的小本子我见识过，密密麻麻，每一天要做什么事，旁边标着优先级，在旁边打着钩或叉。他说，一天不完成所列的事，就睡不着觉，每天完成一些，就离目标近一些。至于目标是什么，他没说。我想，不好说，心中有为之努力、化整为零、分散在每一天中的就是目标，就是理想，不是空想。

爱空想的小原务实多了。毕竟，他有才气，才气落在实处，总会开花结果。他跳了几次槽，现在是一家影视公司的中层，他已结婚，有了孩子，嗷嗷待哺的娃成为了他继续奋斗的动力。

让我欣喜的是他调整了方向。

他辞职一年写就的小说并不畅销，言谈中，我却发现他已学会消解这种怅然。他说，以自己现在的职位、从业经历，更具优势的是发现、扶植文学新秀，做他们的经纪人。

祝他成功。

那天，我们在北京的一家茶馆喝茶。

小原忽然说："其实才华、学历、知识水平都只是一个系数，就像美貌之于女人。"

我知道他的意思，提及浑浑噩噩的那一年，我委婉地把周鹏的故事告诉了他。"系数就是让你在想走的路上前进得更快，可如果你连走都不想走，是不可能前进的。"他是说自己呢，还是说其他人呢？

小原建议叫周鹏一起来喝茶。我拨通了周鹏妹妹的电话，她沉默了一下，低声说："哥哥现在在安定医院。"我们都沉默了。安定医院，北京的精神病医院。

更多人消失在茫茫人海，不知下落。

那些曾在我周围生活、和我一起奋斗的年轻人，怀揣理想而来，经历不同境遇，或顺势而为，或攻克障碍，或自暴自弃，众生相让我不得不总结并汲取经验——用化整为零的计划，靠强悍神经、强执行力，先安身立命，再以梦为马。

第二章

如何对待你的迷茫

所有的经历都不会白白浪费，所有的经验都能大放异彩。

8.

频繁跳槽今后怎么办

周末，罗勤勤在家整理书柜。她翻出了自己所有的劳动合同，摆在一起，发现每一份工作的离职时间都早于合同到期的日子。

想当年，罗勤勤刚毕业，顺利入职一家拍卖公司。散伙饭上，老师、系领导举杯祝她将来成为一名最优秀的拍卖师，辅导员边和她碰杯，边握拳作敲拍卖槌状。日后聚会，辅导员仍敲桌子："我原以为你会一直……"罗勤勤只能笑着打哈哈。

为什么从拍卖公司离职？罗勤勤这样解释："没想到这么时髦的行业，竟是旧时学徒制的操作方式。"

那家以经营古书画为主的拍卖公司，拍卖师就是经理本人。怕被夺权，他不让员工报考拍卖师，罗勤勤敲拍卖槌的梦在上班第一天就碎了。那就学古书画鉴定吧，她及时改变方向。然而，在拍卖公司上班的这一年，罗勤勤做得最熟练、学到最多的就是如何将卷轴卷得又快又好。

在这里，她的每一天都是一样的：跟着师傅接待送货上门的各路文物贩子、收藏者，以及自以为发现传家宝的老百姓。他们十之八九不着调，剩下的，罗勤勤想跟着师傅学鉴定，但师傅总对关键问题回避再三。

一日，罗勤勤豁出去请师傅吃了顿烤鸭，真诚地探讨如何提高自己的业务能力。谁知，师傅咂巴咂巴嘴说："咱古玩行，可不就是偷着学？"他回忆自己当年在文物商店做学徒时的情景，又追忆他的师傅如何给更老一辈的师傅端洗脚水、捶背、泡茶，"三年后，才教你一两招，十年后才出徒，三十年后才能独当一面。"

想到三十年后终于成才的自己，罗勤勤决定放弃。

她很快找到第二份工作，在一家游戏设计公司做考古游戏的文案。

罗勤勤学的是考古专业，这工作还算对口。但很快，她又发现这家单位的弊病。"企业文化不好，领导鼓励员工互相打小报告，有谁离职，大家就在会上集体说他的坏话，这样，领导才会相信你。"

某次开会，领导批评一位已离职的同事："也不想想自己多大了，三十多岁的人，还以为自己是小姑娘，离开我这儿，还能找到更好的地方吗？"在场的人被要求发表意见，罗勤勤违心说了句"应该珍惜工作机会，应该有长远的职业规划"，领导满意地点了点头，而她恨自己，离开校园，心境一下子就变得不一样了。

会后正是午餐时间，罗勤勤和在饭馆拼桌的几位同事提到刚才发生的这些，她们都只是笑而不语。而罗勤勤则毫不避讳地指出："这样的企业文化，说明领导对自己的能力不自信，缺乏安全感。"这话很快便传到领导耳朵里，没多久，他把罗勤勤叫进办公室，问她什么意思。罗勤勤说："没别的意思，我就是想辞职。"

在这之后的工作，有的因为压力大——在网站时，每晚十点能进家门已是幸事；有的因为流程有问题——罗勤勤建议总监改变不合理的流程，被冷待之后愤然离开；有的则因为发展问题，“我看不到整个行业的未来”。

“是不景气，但这个行当会一直存在，你看我不就坚持了十一年吗？”朋友说。

罗勤勤不知该如何回应。这段时间，她待业在家，一直在想今后怎么办。她想起自己曾经的职业经历，有些茫然：每一次，她都是最先发现单位致命问题的人，发现问题就不能容忍问题继续存在。她频繁跳槽，却找不到一份完美的工作。

9.

梦寐以求找到更好的平台

在许多人眼里，刘昕是个奇迹。

博士后出站时，导师握紧他的手说：“你一定要回来。”欢送会上，黑压压一屋子人，硕士、博士满满当当。很多人刘昕都不认识，但他们都认识刘昕——因为他出众的科研能力。

年纪轻轻的刘昕获得了好几项国家专利。用他自己的话来说就是“我不安分，总想捅破窗户纸喘口气”。

第一次捅破窗户纸，还是三年前。

那时的刘昕，在北京读完最后一个学位，回到家乡的原单位——一个在当地还算不错的科研所。科研所环境很好，绿树成荫，小桥流水，假山一处处，刘昕踱步其中，只觉得安逸会消磨掉他的斗志。

他忙着调动工作，并最终成功。老所长极力挽留他：“你看，我们所的工作在本市……我们所的男同志找对象……”老所长的话在刘昕耳朵里模糊成一片，但他慈祥的笑，恳切为晚辈打算的态度，刘昕这辈子都不会忘。

他婉拒老所长的挽留时说："我想看看外面的世界，想出去喘口气。"他按住没说的是，"我不想像您那样，一辈子就待在一个地方。我需要更大的平台成就更好的自己。"

刘昕折腾了好一阵子，赔偿了原单位几万元的违约金后，终于如愿以偿来到本行业最尖端的科研单位。"我一个人获得的专利，比我们办公室所有人加起来的都多。"即便如此，重要的工作依然落不到他身上——因为他是外来户。

他被排挤。

单位搞测评，他"被出差"，参加一个科研活动。活动结束回到单位，测评已近尾声，且刘昕排名靠后。"太赤裸裸了，一切都明着来！"他气愤道。

接下来，是汇报科研成果。疲惫、措手不及的他听说论文答辩就在第二天，不得不彻夜填表、准备各种资料，这样的事已经不是第一次了。

他不由得怀念起前单位。"在那里，我没听说过任何人的坏话，每个人都安分守己地过好自己的小日子。"一如绿树成荫、小桥流水的安逸——这曾是最让他窒息的环境。

他曾梦寐以求到更好的平台施展抱负，以为这份工作堪称完美，现在却发现内耗严重到他无心搞科研——平台大、机会多，竞争也更多；智商高、学历高的人聚在一起，争斗的惨烈程度就更高。

"如果一份工作能像前单位那样和谐、安详，像现单位一样平台很大、机会很多，该多完美！”刘昕说。

这又像闷在一个密不透风的房间里了，刘昕再次想到辞职出去喘口气。他听说，一个博士师弟正在创业，已干得有模有样。“创业意味着更多的未知和风险。”刘昕的斗志又回来了，“没有完美的工作，我就自己去闯。”

去哪里找完美的工作

从生物学的角度来讲，动物们一旦处于某种“未被满足”的状态，体内就会积聚一定的动力，继而采取一系列的行动，以便让自己尽快恢复到下一个“满足”的状态之中。于是,饿了的去找食物，思春的去献殷勤，这几乎是每一只老鼠、大象、骆驼、狗熊都会去做的事情。

在绝大多数情况下,正是这种“努力寻找满足”的行为惯性（弗洛伊德管它叫“生本能”)，几近完美地保证了这世界芸芸众生的种群存续和子嗣繁衍——只是这种动物界的普遍惯性，到了我们人类这里，就变得稍微有那么一点点复杂。

因为人类会思考。

除了身体上会感受到各式各样的“不满足”之外，我们在心理上，也常常会体验到各种个性化的、独特的、哪怕仅仅对于自身才有意义的“不满足”。而这种不满足，又常常和个体所在的现实环境没有绝对的对应关系。如果不是当事人，其他人也很难评判这种不满足的参照基准到底是什么——比如说，我们今天单独拿出来讨论的有关“完美的工作”的话题。

有一些对工作的不满足感，可以促进我们鼓起勇气去市场上寻找更好的“下一个”。毕竟找工作这种事，就和这世间的任何一件事情一样，都有运气好坏的可能。不同的工作单位之间，并不一定存在高下之分，很多时候仅仅是和员工存在着匹配不当的问题（比如企业文化和个人性格等）。所以，我们不能简单批评那些多次更换工作的人就是不好的、不踏实的。现实中也的确有不少年轻人在自己的第二、第三甚至第四份工作上“找到感觉”，之后与工作单位十分愉快地长期合作下去。

与此同时，我们也必须承认，另外有一些对工作的不满足感，最主要的原因恰恰是我们自己太过年轻，以至于内心对一份工作的设想，美好到完全脱离现实的地步。于是，一次一次地对现实无法忍受，一次一次地换工作，却又一次一次地更加失望。西方有句名言说“更好是好的敌人”，用到这里就十分合适。

那么，又是什么样的人，更容易陷入这种寻找“更好的下一个”的循环之中呢？一般而言，他们的思维模式更加“年轻化”，也就是更加有热情、有冲劲、有勇气，愿意去努力改变外在环境；但另一方面，他们看待世界的视角也更加简单对立、黑白分明，分析问题常常简单归因，相信自己面临的困境，是仅仅由某一个原因造成的。

相反，在一个心智较为成熟的成年人眼中，这个世界（包括职场）的很多事情，都很难说究竟是好还是坏。比如说一个通人情、好说话的老板，带领团队常常就赏罚不那么分明、不够公平；而一个制度明晰的单位，很多事情又会让人感到教条、刻板，缺乏灵活性。当我们接受了这世界上很多事物必然存在的复杂的两面性时，也就会很自然地接受“哦，我只能选择一个自己相对喜欢的工作岗位，而没必要期待一个完美的工作”。

那些心智较为成熟的成年人还知道：每个人的工作（就像我们的生活一样），都不可避免地会偶然（甚至很多时候）出现各种各样的无趣、无聊、无意义，这不代表我们或者我们所在的环境有问题，这仅仅就是工作（当然还有生活）本身的一部分。所以，他们更加能够忍耐工作之中的种种不如意，不会遇到事情就急匆匆地去“发现”工作环境的问题，以逃避“难道是我自己有问题”的焦虑。

当然，没有谁会在一夜之间成熟起来。对绝大部分年轻人来说，我们都是在各种“不满足”的启发之下，在不断地“怀疑外界——怀疑自我——怀疑外界——怀疑自我”的反复过后，一点一点调整内心中“自己”和“世界”的样子，使其一步一步接近现实。

年轻的时候，我们不需要“要求”自己特别成熟。只不过在心情低落的时候，不妨鼓励自己去勇敢地看一看：今天的不如意，真的完全是环境的问题吗？

10.

在被遗忘的角落努力开花

陆琦不是个聪明的女孩子，从小就不。

小学时，别人每门功课一百分，她每门功课八十分。到初中，八十分变成七十分。高中？她没上过高中，陆琦听了父母的建议，读了技术类学校，毕业后，对口去了某著名品牌电器厂。

年轻人先在车间做五年。

陆琦个子小，纤腰一握，竟做了整整一年的体力活。

所谓体力活，就是抬冰箱。把冰箱的空壳子往膝盖上一顿，再一提，从车间的一端挪向另一端。

每天下班，陆琦的膝盖都是青的，第二天继续青……上班第一年练出的臂部肌肉，之后十年都没有消减过。

流水线、螺丝钉、三班倒。

到底是年轻，精力充沛，陆琦总是找准点，在不上夜班时，去上夜大，调离车间前，她手中握着两张自考大专的文凭。

许多年后，她还怀念那时的场景：下了班，脱了蓝色工帽、同色工服，换上轻飘飘的花裙子，骑着橙红的自行车，一路赶到职工大学，趁没打铃，赶紧去校门口的小吃店吃一碗鸭血粉丝。

粉丝绵长，鸭血醇厚，汤汁浓郁，盛满希望。

陆琦的希望是早日拿到文凭，早点儿实现理想，她深知聪明不如人，岗位不如人，但她的特长是喜欢孩子、爱带孩子、能歌善舞、会做一手好手工，任何孩子遇见她，都会乖乖听话、眉开眼笑。

所以，陆琦的理想就是去幼儿园工作。哪个幼儿园呢？她都看好了，就是所在工厂的附属幼儿园，陆琦不止一次和该园园长接触过，表达过加入的想法，虽然对方抱歉地说，即便你符合要求、能来，我们也解决不了编制，可陆琦还是欣然把那里当成方向。

经过层层考核，园长兑现承诺，陆琦终于成为厂办幼儿园的一员。

这次选拔，园里一位即将退休的工作人员想把自己的子女塞进来，现场打分却被陆琦比了下去，此后工作中，这个人处处和陆琦作对，包括把最难的公开课给陆琦上，把孩子最多的班给陆琦带……

陆琦一关一关闯了过去。

她自创的关于如何学习英语字母的《字宝宝》舞蹈游戏，一在公开场合亮相，就让评委们眼前一亮，之后在辖区着力推广。理所当然，陆琦带着孩子们巡回演出，成为推广代言人。

而创作这个游戏的想法，是陆琦在车间流水线上，焊接一个一个小零件时萌发的。

厂办幼儿园还是小，陆琦几次出去参加基本功大赛，都会有平台不大、即便自身能力出众也不可能得大奖的感慨。

还拿《字宝宝》举例，虽然原创概念是她的，推广人也从头到尾都是她，可省里最后评出该活动的示范园，仍是省委机关的下属幼儿园。

跳呢？还是跳呢？还是跳呢？

陆琦已经二十七岁了，距进工厂做女工已经快十年了。

正当她踌躇时，命运帮她做出了选择——

1. 厂办幼儿园将脱离工厂，独立出来，被私人承包，所有在编工作人员留用，不在编的，给一笔买断费，陆琦拿到三万元。

2. 省委下属的幼儿园，向她抛出橄榄枝。

3. 一位家长约她聊聊，关于“你想不想做一家自己的幼儿园”。

很久以前，陆琦当时的男朋友，职工大学的同学，每次都会早一点儿去学校门口的小饭馆提前点好鸭血粉丝等她，后来男朋友成了她丈夫。据他回忆，那时，穿着花裙子的陆琦就畅想过，有朝一日，开一家家庭式的幼儿园，楼上楼下有花园，她带着孩子们做手工，有欢声、有笑语……

关于创业，陆琦心里没底，她只会带孩子，不会做生意、做经营，但家长打消了她最后一丝疑虑：“我只会做经营，不会做教育，做了这么多年生意，耽误了孩子的成长，如果不是您，小玉不会从问题孩子回归正常。我想回馈一下社会，我们一起来做一家理想中的幼儿园……”

家长，即小玉的家长。

陆琦想起那碗鸭血粉丝，盛满希望，这会是一碗新的希望吗？

11.

被开拓的人生

方强起码做过五个人的助理，带过十个徒弟，在家乡的小电台，他承上启下，继往开来。

要不是他在这次竞聘管理岗中又落选了，他不会动走的念头，但话已经说出口，往回收就很难了，何况他是堂堂七尺男儿！

走就走。

家乡工作空间有限，尤其电台，只此一家，其他分号也都属于一个集团。有人打赌，方强走多远都会回来，走多久都会后悔今天的选择，不信？拭目以待！

但明显方强是受够了，裙带关系、论资排辈，对这些规矩，他忍无可忍；竞聘只是最后一根稻草，早在这之前一年，他就每天要靠打鸡血才能出门——

他总是对着镜子，认真梳好头，观察自己还算年轻的脸，问一句：“你的斗志呢？”

再回答自己一句：“在这里！”

配合动作，握紧拳头，挥舞胳膊，挥给自己看。

然而，相似的工作内容、永无晋升的空间、应付身边的是非，已让他懈怠、疲倦，即便本城一多半人都是他的听众，打出租车，连的哥都会从后视镜中审视他的脸问："对了，你是不是电台那个……方……强？"

然而，在出走的刹那，尤其是离开小城的那一刻，过去就被抛在身后，包括积累的资源、人脉、名声，方强带着一摞证书、奖杯，在京城四处碰壁。

各个电台都人满为患，等待机会的科班出身的名校生能从天安门排到八达岭。

做网络主播？又何须来北京？哪怕在深山，只要有网络，就可以完成做网红的第一步，何况，现在网络红人都讲究"人设"，他有什么不一样的"人设"呢？他没想好。还有，他已经错过了做网络主播的红利期。

老家是回不去了。

新方向暂时还没找到。

不得已，方强去以前带过的一个徒弟的朋友的哥们儿的公司先工作着。虽说，方强待过的小城电台和中央人民广播电台、北京人民广播电台等比算小平台，但和这家专做音频、视频，试图在自媒体知识付费的红海中翻江倒海的小公司比，还算是大平台。

方强的工作就是帮助那些业余的主播，在专业度层面为他们的音频、视频把关。他管这个叫"声音教练"。

活儿并不难，跟以前带徒弟一样。纠正姿态，矫正发音，琢磨播音的人和所说内容之间如何衔接，也就是怎么演。

经方强调教的业余人士，不能和专业的主持人相提并论，但在同领域，与同类比，慢慢凸显优势。

比如有一位女士，谈自我管理，常年做线下讲座，习惯面对面交流，习惯居高临下交流，一关进小黑屋，一摸话筒，就傻了，没有观众，她不知如何聊天。

方强让她想象自己是个咨询师，一对一提供咨询服务，他帮该女士找到最合适的和话筒的距离以及姿态——前倾四十五度角，女士终于在话筒前自如了。在听众耳中，她像个自来熟的有缘人。

又比如，一位男士，评点国际时政。

录音前的饭局，他侃侃而谈，将公司的几个女同事逗得花枝乱颤，她们眼中满是崇拜。不过，他的问题也同样是，一进录音棚，一拿起话筒，就成了孤独的表演者。这位男士显得很拘谨，嗓子也绷着，全然没有刚才的自然、轻松和风趣。

方强先以自己的经验分析该节目的听众，他们想要什么样的主持人？再研究该男士，如何让他绽放出听众心中理想的样子？

方强围着男士转了一圈又一圈，想起刚才饭局上他的表现，方强走出录音棚，冲着公司格子间一挥手，叫进来几个小姑娘，围坐在话筒前，该男士果然放松了，对着话筒侃侃而谈。

“我的问题是什么呢？”该男士录完音，约方强去簋街吃麻小，恳切地问。

“你的问题不是问题，而是性格，我们都是要根据节目的不同，拿出自己性格的一部分去凑、去演，演出听众心中和我们自己之间交集的那个人。”方强拧一只虾头，吸溜下虾肉，就像过去在电台带徒弟那样。

“那方哥，你觉得我的性格是什么样的？”该男士向方强敬一杯啤酒。

“你是孔雀开屏型的人，所以，要有听众。听我的，下次没有听众时，你就在话筒前摆一张喜欢的女生的照片，越得不到的越好，你越有表达欲。”方强神秘一笑。

果然，日后，该男士每次录音，都带着最喜欢的女明星的照片。他总神秘地把录音棚的门一关，将女明星的照片往面前一放，抓起话筒，眉飞色舞。

这都拜方强所赐。

“说到底，我在电台做基层工作很多年，每个环节都做过，哪种节目都得上，什么实习生都得带，比较有经验。”方强以声音教练的身份接受采访时，他如此回答记者。

这时，方强已经成为另一个领域的名人，他服务的小平台，徒弟的朋友的哥们儿的公司因为做知识付费，成为业内短时间内升值最快的公司，方强功不可没。他从声音的角度，将产品打磨得极具竞争力，这也让他成为公司合伙人之一。

采访的记者好奇了，问方强：“方教练，您说，我经过您调教后也会成为一个音频、视频节目的优秀主讲人吗？”

“会，我做的就是帮助一个人发现他声音的特点、性格的特点，美化它，让它更具说服力、沟通力及魅力，就是帮助一个人如何更好地演他自己。”方强笑道，“接下来，我会给所有有志于此的人开一档音频课，记得来听哦！”

心理师点评

弱势平台的强势人才

平台这个东西，对于每一个职场人来说，还真的是挺重要的。

毕竟,我们大家都是社会性动物——谁的脑袋里都没装着芯片，无法在工作时只是简单地按照编码行事——想要摆脱环境对于自身的影响力，还真不是一件特别容易的事情。试想啊，和一帮缺乏工作激情、整天无所事事的人们混在一起，说不定我们自己也跟着一路懈怠下去了!

许多同学在大三的时候参加过考研辅导吧？是不是就有这样的感受：我们大把大把地在辅导班撒钞票，很多时候并不单纯是为了去听什么所谓的“牛师”一遍一遍地划重点；更多地，还是为了找到一个学习氛围浓厚的环境，让自己可以安心读书。如果顺便再能捞上几个小伙伴一起并肩作战，相互鼓励，那也再好不过了!

不仅如此，别忘了还有辅导班老师的煽动力。一周一次变着花样给学生们打鸡血，就是为了让大部分内心脆弱、对未来容易产生怀疑的孩子们，保持坚定的信念，一路坚持下去!

这就是环境的伟大作用力!

就和市场上的考研辅导班一样，一个理想的职业平台，也会为我们个人的事业发展提供许多的促进作用——宏伟清晰的职业目标、积极向上的工作氛围、前辈积累的经验总结……这些都有助于我们保持良好的工作状态，努力工作，屡创佳绩。

话虽如此，但是也并不等同于说，那些看起来相对劣势的工作机会，那些条件一般、环境一般，甚至可能在业界还暂时排名十分靠后的“弱势”平台，就果真完全没有可取之处。所有那些坚持“环境绝对论”的人们，实际上都忽视了个人意志努力的力量。

别忘了，无论一个平台的外在条件是好是坏，最终要对个人的职业生涯产生作用，本质上还得看当事人自己对于外界条件如何“加以利用”。再好的平台，要是不上心，以为从此万事大吉，结果自然也只能是白搭。同理，一想到脚下的平台不够理想，就干脆破罐子破摔，一蹶不振，那就活该你最终是个失败者。

我们不妨还是拿考研班的例子接着说。再出色的老师，再好的学习环境，你若一个单词也不肯背，英语考试也还是完蛋。同理，职场的起点有高有低，工作的环境有糟有顺，但是只要我们清楚自己的方向，用心、肯动脑、坚持努力，假以时日，至少要比每天昏头昏脑自我沉沦好上不知多少倍。

接下来的问题是，我们要怎样才能在相对劣势的平台上，避免环境的负面影响，不灰心、不气馁，始终保持高昂斗志，坚持努力自我提高呢？

积极的心态不是阿Q精神，也不是每天早上冲着镜子喊喊口号。重点是要在感到悲观沮丧的时候，不忘记提醒自己退后一步抬起头来，这样才能看见事情的全貌。实际上，悲观情绪常常是由于我们仅仅盯住问题的一个方面死死不放。在貌似弱势的职场平台之上，只要我们肯去细心发现，就一定能找到其相对优势的地方。

就像故事中奋斗在非专业领域的陆琦，由于她个人的不懈努力，社会也总是会把各种机会留给她。还有从前在地方电台的方强，换个思路，就能打开另一片天。

有一句名言流行了很多年——“改变所有我能去改变的，接纳那些我不能改变的。”或者说，无论是职场还是生活，总是盯着一个事物的既有缺点，并不会帮助我们把它变得更好，还不如抬起头来调整自己的注意力，努力找找还有什么其他可取之处。

最后，说一句大家可能不爱听的。

实际上，总是抓住脚下平台的不足说事儿，逢人就抱怨工作环境有多糟糕，还可能是因为我们缺乏面对自己的勇气，不愿意改进自身有问题的地方——比如懒惰，比如胆怯。不是吗？动动嘴，就把生活工作的不如意统统归咎于外界环境的责任，可比挽起袖子踏实做事容易许多啊！

12. 当心戏过了

口述人 _ 刘粟

十年前，我出版了处女作小说《秦淮河上》。

粉蓝的封面，淡淡山水画做背景的扉页，小 16 开的开本拿着正是称手。我捧着书，怎么翻也翻不够。坐在办公室里，只要四下无人，就拿出书来，慢慢揭开封面，一页一页翻过去，想象着某个读者第一次看到我的文字时感受到的惊艳。

有一回，我捧着书陷入冥想状态时，被同办公室的王姐撞见。

她把书从我手里抄过去，看着封面，当她发现作者就是我时，情不自禁地一拍脑门，惊呼："小小年纪，才女啊！才女！"

她上上下下把我打量一遍，仿佛从那一刻起对我刮目相看。

在王姐的宣传下，我出了本小说的事在整个单位都传遍了，我的书也被同事们传阅遍了。每个看到我的人都对我说，大作家，你的书呢？让我拜读下？这拜读之后，便提出了另一个要求："大作家，送我一本吧！给我签个名？"

我开始还半遮半掩，羞羞答答，后来面对大伙儿的殷切关怀，简直觉得遇到了一批知音。再碰到有人夸我的书继而索要书时，我实在无法拒绝，就干脆花钱买了几十本，再题上上下款，恭恭敬敬送了出去。

这当中要数王姐的反应最激烈。没送她书前，她想起来就问我："啥时候送我一本？我儿子还说要看看刘阿姨写的文章呢。"送给她书后，她啧啧赞叹，掀开封面，对着扉页上自己的名字以及后缀的"老师"二字又是点头，又是叹息："拿回去给我儿子看看，我要教育他，向刘阿姨学习……"

一晃十年过去了，我从小刘变成了老刘。

这些年，我陆陆续续出了好几本书。几乎成了定规，每次出新书，我都会买上几十甚至上百本，碰到有同事索要，就欣欣然签名，恭恭敬敬呈上去。拿到书的同事，比如王姐，还会在之后的几天和我谈谈对新书的感受及心得。每当这时，我总是用心地听，脸上止不住地笑，引以为知己。

然而，最近这笑变成了苦笑。

前不久，在家收拾屋子时，我突然发现有些自己出版过的书都送人了，手边已经没有存货，比如那本《秦淮河上》。我有点儿怅然，书店里早就没有卖的，于是我求助于网络。

在某旧书网，我惊喜地发现竟然真有卖家在卖《秦淮河上》。看着网页上熟悉的粉蓝封面的图片，我高兴极了，毫不犹豫地联系卖家，没有砍价，就立马拍下。

第二天，我在办公室里说起买自己旧书的事，感慨道："我还想多买几本留着，谁知搜遍所有网店，一共就六七本了！哎！”有人说，都过了这么多年，当然难买喽！王姐也笑着安慰我：“你的作品实在供不应求啊！”我嘿嘿笑了。

这个周一，我收到来自全国各地的零零散散的六七个快递。

打开快递，我看见了阔别十年的《秦淮河上》。捧着小 16 开的书，对着粉蓝的封面、淡淡山水画的扉页，我仿佛又回到十年前拿到第一本样书时的情景。我一本一本翻着，检查有无破损和污迹，这时，我突然看到有一本书的扉页上题了字。

“赠王馨老师”“友：刘粟”，这几个字在淡淡山水画上虽然隔着十年光阴，却不见黯淡，它无比清晰又分外刺眼——我呆住了。

这分明是当年我送给王姐的书！

一时间，我觉得自己被蒙骗，气恼之极：她把我送给她的书卖了？不知道是当废纸卖的还是当旧书卖的？当初我没主动送给她，是她一遍遍找我要的。原来这么多年，她表面上的盛情，无论是恭维还是谈心得，或者所谓“才女”的称呼都是装出来的？这不是逢场作戏吗？

我把书收起来，闷声不响地坐在桌前。

那天接下来的工作时间，王姐无论是和我开玩笑还是说事情，我都爱理不理。我不准备揭穿她，也不想继续和她深交。

我现在怀疑除了王姐，其他同事或者朋友当初向我索要书都不过是表面上的盛情，以赢得我的好感，营造热络的假象。这次机缘巧合让我发现了王姐的虚伪，并不代表别人就一定真诚。

是啊，逢场作戏——也许他们找我要书，就像我穿了一件新衣服上班就夸我精神，几天不见，说我显得瘦了一样，都是敷衍或者礼貌。

我是不是不该较真？是不是没有充分领会职场上心照不宣的潜规则？还是王姐的戏确实有点儿过？

13.

做戏有做戏的规矩

口述人 _ 杨景

宋哥提前几天告诉我们，这周五晚上，他要去电台参加一个谈话节目。

我“哇”的一声叫出来，既表示羡慕也表示惊讶。

打听完宋哥参加的节目名和内容，我和小李、小韩便在一旁七嘴八舌，建议他到时候穿什么、戴什么，开车走哪条路线去电台比较方便，还建议他让主持人开通热线电话，有听众互动显得热闹……

宋哥边点头边呵呵笑，一听说“热线电话”几个字，便肯定地说，“到时候一定会有，你们要是有兴趣也可以打来。”我和小李、小韩信誓旦旦，向宋哥拍胸脯保证一定捧场。

转眼到了周五。

下午，宋哥提前收拾东西，准备走人。他一贯准时上下班，这让我们觉得反常。我想起电台节目的事，便在他离开办公室前关心了几句。

他见我们如此热心，显得非常高兴。他当场打电话给电台主持人，问清电台的波段以及热线电话的号码，然后和我们约好，到时候热线电话里再聊。

晚上，我想起热线电话的事。

我暗叫一声“糟糕”。首先，我家里没有收音机，也没有任何可以收音的设备——原以为别人的手机可以听广播，我的也可以，现在发现没有这个功能；其次，我忘了电台节目几点开始，记着波段的纸条我没带回来，而且纸条上还记着热线电话的号码呢！

于是，我给小李发短信。她说，正在给明天出差的老公收拾东西。“那张纸条？我也没带回来，还在办公桌上！”

我给小韩发短信。他说，有同学叫他吃饭，还没结束。他又说，宋哥不会生气，那么大的人怎么会计较这么点儿事呢？

只好作罢。

我把手机扔在沙发上，在心里稍稍向宋哥抱歉了一下，我甚至安慰自己，宋哥也许只是看我们的热乎劲儿才表现出热乎，其实心里未必在乎。或者，他现在已经把我们的约定忘了。

还有别的事情要烦恼，不一会儿，我就忘了这件事。

周一上班，一切如常。

看到桌上平平整整躺着的纸条，我们不约而同想起周五的节目，问宋哥周五的效果。他大致说了当天的情况以及花絮，冷不丁地来了句：“你们几个说好要打热线的，结果怎么没打？”

原来，我们的热心让他足够放心，当听众的电话问不到点子上时，宋哥悄悄对主持人说，过会儿我的同事会打热线进来……

我们面面相觑。我正要开口解释，宋哥一挥手，没给我发言的机会：“别解释了，你们几个太滑头！知道吗？这叫逢场作戏，职场上的逢场作戏，就是虚伪！”

他给事情定了性，我们也不好再说什么，再看他的眉眼，透露着了然，也透露着不屑。

小李、小韩吐吐舌头，开始干活。

起先对于这事表现得最关心的我却又尴尬又委屈，随后陷入了沉思：我是逢场作戏、是虚伪吗？

我承认，当宋哥提到这件事的时候，我表示关心和热心，有礼貌的成分。但当时受气氛感染，群情激昂，我容易许诺——许诺的那一刹那，我也确实想把答应别人的事做好。然而，一离开特定的场所，拍胸脯答应的事似乎就不那么重要了。我的做法，让宋哥认为我是个逢场作戏、虚伪的人，是一个当面说好、背后敷衍的人吧。

我有我的不对。

可是，宋哥未免也有些较真。

如果我这是职场上的逢场作戏，谁又能说自己就完全没有逢场作戏的时候呢？

宋哥曾安慰我，领导批评我的那个方案，其实有可取之处。可过了几天，小李告诉我，宋哥在背后议论说，“她那个方案确实不怎么样……”

就算他为了安慰我，抹不开面子，但引申开来，不也是逢场作戏吗？

我的淘宝店刚开张，他们就说，帮我推荐给朋友，然而包括宋哥在内的每个同事，也不过是在朋友圈里帮我推广了一次，就再没消息……

这些不都是逢场作戏吗？

如果一定要说这叫逢场作戏，我想，出发点也是善意的，是客气的，目的是为了一团和气。

如果职场完全没有逢场作戏，每个人都直白地说出自己的想法，或对别人的事情漠不关心，这样的职场也未必能让人顺心。

想来做戏也有做戏的规矩，一如做人。

以后若有合适的机会，我会告诉宋哥：我不是虚伪，但以后若有类似的事发生，我答应你的就一定能做到。

心理师点评

办公室里的逢场作戏

逢场作戏的人们，内心的诚意常常不足，但一定要说有恶意，也确实不多。

绝大多数的情况下，都是环境的气氛刚好到了，身处其中的人，谁都不愿意表现得像一个事不关己的局外之人。不如就干脆一个顺水人情，鼓个掌，叫声好，大家一起做戏做得一团和气。反正掰开手指算一算，成本又不高，为什么不呢？

怕只怕，有些人一不留神入戏太深。误以为，此时的一场大戏过后，还有不少观众眼巴巴地留在台下不肯走，真的等着要看紧接着的下一出。可惜通常来说，这些演得太过认真的，就只有整出戏的男 / 女一号，那个聚光灯下闪闪发光的主人公。

理由很简单，因为站在舞台中央的感觉，实在是很好、很妙啊！

我们每个人都经历过类似的闪耀时刻。比如小学一年级语文数学都是一百分的那次期中考试；或者初中二年级篮球赛场上连自己都不敢相信的三分进球；再或者高中最后一个夏天里为你吸引无数眼球的白色长裙……虽然我们大多不是娱乐界的大明星，但同样也会迷恋这站在舞台之上的美好感觉，被聚集在自己身上的众人目光弄得头晕目眩、兴奋不已。

自体心理学家认为：我们之所以喜欢“被关注”，就是因为这种被他人众星拱月般的“主角感”，可以让我们的内心重新体验到婴儿时期那种被养育者高度关注的兴奋感。就好像一个包着尿片的小孩，仅仅是嘟起嘴巴、拍拍小手这样的“成就”，就会立刻引来身旁被迷得忘乎所以的父母激动万分的鼓掌声。

在耳边回响着“宝宝真棒”的那些美好时刻，我们仿佛就是整个世界最为闪亮的中心，就连身旁父母的情绪和感受，也都与我们自身发生着这宇宙间最为不可思议的共鸣。

遗憾的是，等到我们不再是一个呆萌小宝贝时，类似的事情就极少发生了。毕竟在成年人的世界里，谁不渴望自己是主角，台下有观众？我们都太容易对自己的人生大戏过度认真，却鲜有同样的精力愿意去做他人的舞台背景。

举个最简单的例子，大家都参加过婚礼吧？是不是不管台上的一对新人如何自顾自地感天动地，台下的众多吃客，大多只是忙着在填饱肚子的同时，收集一些无聊的闲话八卦？好在还有专业的婚庆公司负责气氛，需要我们这些龙套使劲鼓掌的时候，自然会用话筒提醒到位。

因此，在日常的生活中，好不容易赶上一次大家都有兴致逢场作戏，常常只有主角自己会真心投入其中，忘记了别人的世界其实也有一堆“要紧大事”等着他们去处理。

甚至于，很多时候都是我们自己，在无意间“制造”出一些适合他人助兴的“场”，不断暗示大家说：“来、来、来，快来帮我友情客串一下啊！”就像故事中不惜自己掏钱买书送人的小刘，等到真相大白的时刻，委屈是果真委屈，心凉是着实心凉，但与其说，是她被这世间的人情冷暖伤到心，还不如说，是被她突然发现“原来不是主角”的人生窘境刺到了自尊。

算了，谁让人与人的交流，本身就是一个误会接着另一个误会的呢？

还是看开一些吧！对于周围人士不够认真的配戏（反正人家也的确没收您费用），如果我们可以在一番尴尬之后，发现自己居然还能笑得出来，就差不多说明自己已经成熟到可以在原本无聊无奈的生活之中，找到一些难得的小乐趣来娱人娱已。等到下次再有机会上台过瘾，不妨嗨的时候尽情嗨，等到曲终人散的一刻，也不忘去跟各位配角说声“谢谢”和“再见”。

再反过来说，如果生活中的某些场合，我们的确像故事里的宋哥那样“需要有个人配合”，那咱就千万记住了，一定要把身为主角的中心感（也包含了身为主角的责任感）分享给对方。至少，要把人家从茫茫人海中的“群众演员”，提升为一个和自己有很多对手戏的“男/女二号”——要认真和人家“讲戏”“试戏”，要郑重其事一对一地，把需要人家帮助的时间、地点、方式、方法，全都交代清楚。

毕竟，大家嗨，才是真的嗨嘛！

14.

对不起，我帮了倒忙

三年前，汤灵刚到公司时，还是个实习生。

带她的老师是长她七岁的白茹，风风火火、干练、热情。那时，汤灵除了书本上的知识，业务上几乎一片空白，是白茹手把手地教她做项目方案、落实、执行。实习鉴定上，白茹中肯的评价为汤灵后来顺利地留在这家公司加了不少分。对于白茹，汤灵感激在心，她人前人后都称白茹为白姐，她总是说："没有白姐，就没有我的今天。"

然而最近，汤灵却和白茹疏远了很多，事情要从半年前说起。

白茹笔耕不辍，除了工作，业余时间还在某大型文学网站上连载小说。白茹的文字感染力极强，她半自传式的小说，以其真实性很快引起了读者的共鸣。小说不仅被这个著名的文学网站作为精华帖置顶，一时间白茹还拥有众多粉丝，以她笔名命名的粉丝 QQ 群就有好几个。

白茹的粉丝中，唯一的熟人就是汤灵。

汤灵打从知道的那一天起，就每天晚上都上线帮白茹顶帖。上班时，只要有空，汤灵就会和白茹讨论小说中的人物、情节。汤灵甚至参与了小说主人公最后结局的设定，而白茹也习惯于从汤灵这里得到第一手的读者反馈。

当白茹的小说写作过半，已有好几家出版单位通过网站来询问她是否愿意出书，汤灵由衷地为她感到高兴，但白茹似乎对这几家出版单位都不感冒，迟迟未做决定。

一次同学聚会，汤灵见到了徐丽。

大学毕业后，徐丽便从事出版，时隔几年，徐丽已是业内较有名气的出版社 A 社的策划编辑。汤灵和她聊天，不经意提到了白茹的小说，徐丽便敏感地问道："网上的点击率如何？现在进行到什么程度？"这连珠炮一般的发问提醒了汤灵，她顺势问徐丽："怎么？你感兴趣？"徐丽微微一笑："你回去发给我看看吧！"

回到家中，汤灵便第一时间将白茹的小说链接发给了徐丽。汤灵甚至把网上粉丝的评论都精心编辑好后附在给徐丽的邮件里，借以说明白茹小说的实力。邮件的结尾，汤灵写道："多谢你，老同学，给我一个能向白姐报恩的机会。"没多久，徐丽回邮件："我看了小说的前几章，确实不错，周二的选题会我就提交选题报告。"

汤灵很高兴，她觉得如能促成 A 社出版白茹的小说将是一桩美事。一上班，她就把这些信息告诉了白茹。

A 社名声在外，白茹乍一听激动万分，更何况汤灵的踌躇满志、志在必得也感染了她，白茹许诺汤灵，马上调整写作计划，争取早日将完稿拿出来，“不会让你同学等太久！”

那段时间，白茹和汤灵越发亲密无间，达到两人友好史上的顶峰。等到白茹的小说完稿，汤灵马上发给徐丽，她比白茹更期待徐丽那边回馈的消息。

但稿子发给徐丽后，一连数周都没有消息。白茹急，汤灵更急，她一边安抚白茹的情绪，一边不断联系徐丽，用邮件、短信、电话等一切可以想到的方式。

徐丽起初说，下周选题会上就能知道最后消息。没过多久，她又说，社长和总编的意见不太统一，我再去想法子说服他们。她最后一次和汤灵通电话时说：“白茹的小说和我们社的出版方向可能不太一致，不过这也不是定论，你再等等我。”

白茹已经有些焦躁了，她的小说自从网上连载以来一直得到的都是叫好声，她不相信也无法接受有人会对她的稿子产生怀疑。

一日，白茹说：“我想了想，别让你同学为难了，把我的稿子拿回来吧。”汤灵还想最后努力一下：“白姐，别急，我不相信你这么好的文章A社的人欣赏不了！”

汤灵后来深深追悔自己最后的坚持，如果那天答应白姐把稿子拿回来，最糟糕的情况可能就不会出现。

那天，汤灵出去办事，突然接到白茹的电话。白茹问：“办公室里，有一份徐丽寄给你的快递，看厚度似乎是我的稿子，我能打开看一下吗？”汤灵没多想就答应了。过了一会儿，她觉得不对劲，打电话过去，办公室没人接，她再打白茹的手机还是没人接。

她知道出事了。

上班的时候，汤灵发现她的茶杯下压着两张纸，是徐丽写给她的便笺：“老同学，对不起，我已经尽力了，还是没能说服总编，随信附上我们社的审稿意见。”汤灵赶紧翻审稿意见，上面赫然写着：“该稿件文笔不佳，文气不畅，主题思想不明确，不予出版……”

一连几周了，白姐都刻意躲着汤灵，即便见面也只是客气地笑笑。汤灵知道，白姐不是一个不明事理的人，但那份审稿意见确实伤害了她。

“我们再也回不去了吧。”汤灵有些责怪自己。如果不是帮了倒忙，也许至今，她和白姐还是半师半友的关系。

15.

有什么能帮忙的吗

时至今日，李小寒仍无法弄清闻瑜的真实动机。

想当初，闻瑜是这家公司第一个向李小寒表示善意接纳的同事。

比如，李小寒入职后的第一份报告，她踌躇着是否合格，能不能交给经理时，是闻瑜热心地探过头来说："要不，我帮你看看？"那一刻，李小寒心里的某种东西如冰块一样被太阳暖化了，她充满感激地看着闻瑜。

又比如，后来大伙儿都熟了，李小寒一次抱怨单位的不公，其实是用开玩笑的口吻，但闻瑜却轻轻过来扯了一下她的衣角，示意她闭嘴。事后，李小寒问闻瑜为什么，闻瑜神秘地笑笑："你没看见小张在吗？他可是 ×× 的亲信啊！" ××，是单位的高管。李小寒一吐舌头，惊叹于单位的水深，从心理上便又靠近了闻瑜些。

一晃，在这家公司已经工作了两年多，李小寒可以给新人做各方面的指导了。她从业务上已经不需要闻瑜的帮助，但闻瑜给她的帮忙、过问甚至干涉，已经成了习惯。

新的考核标准公布后，经理让每个员工每个月都要上报自己的工作量。李小寒按照办公室主任所发的表格认真填写这个月的各项工作成果，但这时，闻瑜却偷偷在网上和李小寒说："你上个月去电台帮公司做宣传节目，填到表里了吗？"李小寒一愣，还真没有。但她又仔细看了表格，这样的工作量似乎也无处可填，于是她对闻瑜说："算啦，就当作贡献了。"可闻瑜却说："凭什么啊？不能因为单位制度、标准或者表格本身的疏漏，就忽视了你的劳动，你从电台出来都半夜十一点了，你不写谁又知道呢？"李小寒想想也是，这边闻瑜已经传来一个新表格，李小寒接收完打开一看，比办公室主任给的表格还要细致，还要完善，甚至各种工作量旁边还有一栏"备注"。

李小寒感激地向闻瑜发了一个微笑的表情。闻瑜打字道："不客气，我就是不想看到你多劳不得。"

她真是为了李小寒的"多劳不得"吗？李小寒当时就存疑。等到月末开会的时候，经理对着每人的工作量表评点时，淡淡说了一句，闻瑜和李小寒确实多做了不少工作……

李小寒警觉地看看闻瑜，闻瑜却并不看她。散会后，经理把李小寒和闻瑜叫住。李小寒这才发现闻瑜填的表格和给她的那份一样，经理的话很隐晦，但能听出他的不满。他问李小寒和闻瑜，是不是对公司有意见，额外的工作量要额外的补助呢？

闻瑜事后向李小寒这样说："本来想力挺你，给你做了表，我也填个类似的好支持你，没想到被经理误解了。"李小寒笑笑，要怪就怪自己拎不清，总不能因为人家帮忙没帮上而心生责怪吧。

再接着是公司的奖励问题。

李小寒因为业绩突出，被公司奖励五千元。等到她领了奖金，神清气爽地回到办公室，闻瑜看她时却眼神闪烁，欲言又止。直至一起吃午饭时，闻瑜才神神秘秘小声对李小寒说：“知道秦安琪被奖励什么了吗？去台湾旅游！”李小寒一呆，秦安琪是另一组的同事，和李小寒的业绩相当，据说奖励也是一样的。可为什么她的五千元换成了台湾游？李小寒有些费解。

闻瑜还在补充：“我就是给你提个醒，别经理明明不公，你还觉得他厚待你。”

李小寒确实心里不舒服了。

这不舒服也一定会找时机爆发。

两个月后，经理和李小寒讨论工作时有些小冲突，经理说：“公司一向对你……”李小寒“哼”了一声，她想起秦安琪的台湾游，不由得新仇旧恨都勾起来：“比起秦安琪呢？您不是还奖励她台湾游吗？”

经理诧异地说：“什么台湾游？”过一会儿反应过来，“公司对秦安琪和你的奖励自始至终都是一样的，你能调查清楚再做结论吗？秦安琪拿了奖金后就休假了，去台湾旅游。她是如何花这笔钱，自己又花了多少，公司无权过问，你要是想知道，最好找她问清楚。”

李小寒大吃一惊，她最见不得人的小心眼突然被人看到，而且是无中生有的那种，这让她感到难堪。等到经理叹口气，挥挥手让她出去时，她竟有些无地自容。

闻瑜正拿着文件夹走向经理办公室，她在门口碰到李小寒。李小寒神色窘迫，闻瑜便满脸关切，用文件夹拍拍她：“你怎么了，有什么能帮忙的吗？”

心理师点评

职场上的帮倒忙

不请自来的“帮忙”，在刚刚降临的那一刻，常常让人感到很温暖。

就像小时候，母亲对我们的细心照顾，也常常都是不请自来的。

瞧瞧襁褓里那些眯着眼睛吐口水的婴儿，几乎所有的需要都只能咿咿呀呀地来表达。幸好，几乎所有的母亲，都具有一种科学无法解释的超能力，可以几近准确地感受孩子在某一具体时刻的特殊需要。妈妈总是有办法，她知道宝宝什么样的咿呀是饥饿，什么样的哭闹是恐惧，也总能迅速地做出合适的反应，安抚怀抱里那个焦躁不安的小家伙。

所以很多心理学家相信：在生命最初的几个月里，我们每个人都会想当然地“误认为”母亲和自己是一体的，她甚至比我们自己更加了解我们的各种需要。就好像大多数被照顾得较为理想的婴儿，即便在睡梦中感受到饥饿，也不会因此清醒过来，他们只是本能地吸吮着嘴唇，等待着母亲来哺育。

这种“不分你我”的感觉，真的很美好，很梦幻。可是，我们不能把它随意照搬到成年以后的生活中来。大家都知道，这世界上没那么多便宜平白无故让我们占。特别是人与人之间的互动过程，实际上总是存在着许许多多微妙的平衡，付出与回报总是要在同一时刻发生。就算是我们记忆中和蔼可亲的妈妈，在温柔照顾我们的同时，也会常常板起脸来，要求我们听话。

所以“帮忙”这件事情呢，并不像大家头脑里第一反应的那么单纯美好。它还包含了一种“能者”相对“弱者”的优越感，一种“施者”对于“受者”个人能力的不信任，以及对“受助者”个人价值的否定。那些过度溺爱孩子的家长，实际上就是通过自己的行为，不断告诉孩子：“宝贝，你不行，你离不开我。”我国东北的老话“一粒米是恩，一碗米是仇”，讲的也是这个道理，正好可以用来解释《甄嬛传》里安陵容对甄嬛娘娘的仇恨。

通常来说，不管是在职场，还是在日常的生活中，那些绝大多数不请自来的热心帮助，刚开始都会让我们觉得暖洋洋的很舒服，好像人间处处真情在，到哪儿都有正能量。但是，如果这些帮助总是来自同一个人，每次又都是对方特意前来帮助自己，作为“受帮助”这一方的我们，后续的感觉，可能就不是那么温馨甜蜜，而常常会多出一些莫名其妙又难以言状的别扭。

比如，愧疚感。

总觉得自己接受了对方那么多的帮助、照顾，感觉欠了人家什么，总想找些机会来回报，就好像孩子总是喜欢对妈妈说“等我长大了，给你买好大好大的房子，好漂亮好漂亮的衣服”。或者故事里的汤灵，入职之后多年接受白姐在各个方面的帮助，内心的价值感有点儿小小的蠢蠢欲动，才会在人家出书的事情上那么下功夫，对于之后的结果又如此地放不下。

比如，受控感。

出来混，谁也不叼谁的奶，谁也不是谁的妈。既然人家对自己这么好，咱们是不是也就应该乖乖地听话？于是，每每遇上与对方有冲突的情况，就很难直接表达自己的真实意见。有时还会勉强自己去做一些本来不想做，甚至完全想不到自己会去做的荒唐事。比如，故事中李小寒与经理关于台湾行这场本来完全没必要发生的对峙。

再比如，突然发现自己不想见到对方了。没什么不好意思的，这是一个正常人的正常反应。

健康有活力的人际关系，需要能量在彼此之间双向流淌。那些尚未等到我们开口求助，就大咧咧提前到访的“帮忙”，不管它的实际效果一时间如何，从精神层面而言，它都伤害了我们作为一个独立个体的自主感，是一种悄无声息的侵入，一种不尊重。所以这个时候，我们想跑，想远离，就是一种十分自然的反应啦！

尤其是像故事里李小寒所遭遇的这种“帮忙”，我们还是让自己与其保持一段安全距离比较好。生活中的确有这样一种时常热心过度，但整体上不招大家喜欢的人。表面上看，他们是在追求一种界限不分、彼此融合的黏腻关系；深层次讲，这是她们被自己内心的弱小感所驱动，想要栖身于一份看起来更为强大的人际联合之中，所以才总是通过各种方法试图让瞄准的目标相信“外面很危险，让和我团结在一起吧”。

真正的朋友，才不舍得这样吓唬我们呢。

你的迷茫是雾还是霾

雾朦胧时，挺美。

高中时的一位男同学，最初吸引我的便是他作文中的一句话：我如在雾中走，不知前方是什么，也不知该走不该走。

但雾大了，又持久，继而有毒，就和美无关了，那是霾——长居北京的人都知道，写这个字就有刺鼻的通感。

迷茫便是如此吧！

合乎年纪的、恰到好处的迷茫，有种特有的稚嫩、生涩味儿，如毛茸茸的脸蛋、几粒无伤大雅的青春痘，像青橄榄。但若迷茫一直持续，因迷茫变成人生的坎儿，你只趴在这个坎儿上看世界，就只能感受其中的负能量，不值当了。

我引陆琦、方强为知己。

谁一开始是铁打的？有情绪上的波动、思想上的动摇，很正常。但想明白了，就该重整旗鼓，凭一股子蛮劲，硬生生再拼出一条人生路。

陆琦创业时，对我说："我们都是不安分的人。"如果说"不安分"指的是不被命运摆布，安于安逸的生活，我希望我一直不安分。

我是看着她从搬冰箱、三班倒的女工，一边读书一边工作奋斗进幼儿园工作，再奋斗到今天创办她自己的幼儿园的。

方强最喜欢的女作家是丁玲，他的理由是 :“在艰难的时候，上天分给丁玲一群先天不足的小鸡，打算看她养鸡的笑话。可丁玲于 20 世纪 90 年代在美国遇到台湾作家蒋勋，得意扬扬地表示，‘我偏把鸡养得很好，我偏不中计。’”

他常感慨 :“我当初辞职，离开小城，看起来是幼稚的斗气，但我相信我有顽强的生命力，能扳回人生这一局。”

如今，他又成了新领域的名人。

真好。

所有的经历都不会白白浪费，所有的经验都能大放异彩。

工作就是升级打怪。

一份看似不好的工作，一个看起来暂时没有机会的小平台，都可能是升级路上必经的怪兽。问题是，你想忍耐、抱怨、坐以待毙，还是想长本事、积蓄血值、冲过去？

冲过去，还可能有新的怪兽，那又怎样呢？你也会有新的本事。

闯关成功的乐趣，难道只是最后庆祝胜利的漫天烟花吗？一路打怪，才是乐趣本身啊。

到哪里都要做靠谱的人

一次笔会，我认识了崔。

说实话，不仅我，同在笔会的女友青，都对崔的印象极坏。

他总是开黄色玩笑。同游时，在旅游大巴上，大家玩击鼓传花，传到他那儿，鼓声停，他被要求表演节目。他站起来，咳嗽一声，清清嗓子，说："那么，我给大伙儿说个《金瓶梅》里的段子吧！"

笔会期间聚餐，每一次，崔都不合时宜地大醉。醉了，话更多，段子更恶俗。散伙时，我心想，这辈子我都不要和他再见了。

谁知，两年后，我和崔竟有了工作上的联系。

崔的文章写得很好，有人向我推荐他，翻翻那些锦绣的文字，我着实激赏，但是想想那次颇不愉快的见面，我又踌躇了：这样的恃才放旷之徒，能是好的合作伙伴吗？

作为编辑，我还是给他发了邮件，解说选题意图，指出修改方向，约定交稿时间。我默念着我丈夫常对我说的一句话："只要项目好，工作对象再难侍候，也要死磕到底。"

没多久，崔回我邮件，附件是已修改好的稿件。

打开的一刹那，我惊呆了。

见多了几乎要编辑全力修缮、从头再来的稿件（其中不乏名家），崔的文字之整洁、目录之规范、小标题之精心，让我感到他不仅有吃这碗饭的能力，还有吃好这碗饭的诚意。

“真靠谱！”我唯有这一句评价，写在回复邮件中。

直接与崔对接的文字编辑后来把他夸成一朵花：编校过程异乎寻常的顺利，几乎没有错别字；插图、封面、广告语，原不是他分内事，他也积极提出很多建设性意见……

总之，工作中的崔，与酒桌上的他，完全是两个人。

至于哪个才是真正的他，并不重要，可能都是；但靠谱的那个，分明赢得了我的敬意。

之后的合作，果然因崔的靠谱而变得愉快。唯一他不能配合的活动，是当地一个电视台的访谈，他解释：“喝酒，回家路上，摔沟里了，腿断了，还在养伤。”

两个他终于合二为一，但人家生活中的小节，既然和我毫无关系，似乎也没那么重要了。

我说崔的故事，不是想诉说一个人如何在我心中挽回形象。

我是想讨论，做正事时，你公示于人的一面才是人们所重视的那一面。你不一定要成为所有人的朋友，但保证敬业、靠谱、认真，那么几乎所有人都想和你搭档。

再谈谈做正事的场合吧，即职场。

你在这个场合公示于人的每个细节构成了人们最重视的那一面。我在崔身上学到了，“半小时后，给你电话，”那么半小时后一定会打来；“××媒体的记者，我有过联系，我帮你找到他”，就一定能办成；如果做不到的就提前说，不哗众取宠、不逢场作戏，哪怕一个生日的问候都记在日历上……

在职场，就用职业精神对待每一件事，哪怕与工作本身无关；如果不想打起精神做太多无谓敷衍，就从一开始做个“狠心”人吧。

第三章

如何安放你的个性

提升自己的共情能力，要先从体会自己的情绪、温柔地对待自己开始。

16.

坏情绪的好姐妹

自从公司将创意部门分为 A 组和 B 组，孙小野的感觉就有些不太好。

公司再通过社会招聘，用悬赏请英的方式，将李荣荣隆重引进，作为 B 组的创意总监，直接和孙小野对标竞争，孙小野就从不太好变成完全不好了。

这家公司，有关策划、有关活动的一切，曾都是孙小野一言堂。

但老板为追求进步去读了黄河青山商学院，受到一帮更大牌老板的同学们的蛊惑，偏要引进狼性企业文化，从内部竞争开始，孙小野及她的部门就成为核心试点部门。

可以说，李荣荣还没入职，孙小野就将她定在假想敌的位置。

她在百度上查李荣荣，想搜索李荣荣的职业污点，怎知，查到的都是闪闪发光的词儿——

名校毕业；

做过多场漂亮的品牌活动；

在某网站生生创造出一个购物节……

更令人生恨的是，李荣荣身材高挑，颜值不低，百度上还有她在前一家公司年会上的照片。评论区显示，她在公司单身男士票选的最想约会女神排行榜中位居首位。

孙小野不想承认，但嫉妒已经像毒蜘蛛的八只爪，在她胸口慢慢伸开、滴着毒汁。

于是，等李荣荣正式入职后，除了工作能力上的比拼，连她每天几点上班，加不加班，一周几次饭局，饭局上都有谁，穿什么牌子的衣服，背什么牌子的包……孙小野都了如指掌，李荣荣就是她的对标竞争款。

朋友圈当然更是比拼重地。

孙小野只要看见李荣荣晒了一次健身照，自己不管加班多累，也得挣扎着爬起来去趟健身房。有时来不及去，就换上瑜伽服，在家中找个角落，用自拍杆拍出健身房效果。这一切的目的，都为了晒，为了点赞率超过李荣荣。

她俩连计步软件上的步数都要比。李荣荣今天走五千步，孙小野一定要走到六千步。李荣荣假期连续七天，天天走两万步，孙小野跟着比了三天，实在扛不住，把手机绑在家中小狗的腿上，帮助完成了任务。

至于李荣荣又读了什么书，看了哪些剧，对什么时事新闻发表了什么高见，孙小野一样不差，全都有匹配项目。在比的过程中，孙小野简直觉得自己也变得学富五车，不断输入了呢。

一个午后，孙小野比往常更早来到办公室。还没进门，突然听到传来自己A组成员们的聊天声。

“我觉得荣荣姐真不错，去哪里都知道给每个人带小礼物。”

“小野姐也不错啊，还帮我们代购呢！”

“你们有没有发现，小野姐最近特别励志，以前只知道她在工作上很拼，最近才发现她还是一个文艺青年！”

“是啊是啊，最近小野姐也变漂亮了，更注重打扮，天天跑步，赘肉都没了呢！”

孙小野听了一会儿，这些变化，她也感觉到了。

所以，李荣荣作为一个高段位的黄金假想敌，对她来说，究竟是好还是坏？

像镜子，照出一个不完美的她，向完美奋进。

像影子，她不断追逐，不断进步。

在公司工作群中，领导忽然宣布李荣荣的最新创意，将联合其他几家电商网站，共同策划一场情人节活动。孙小野没有以前那么忌妒了，她心里升起更多的，是斗志。

17.

暴躁和勇敢是一对很像的姐妹

梅子大学毕业后在一家银行上班。

她的一切都很平凡，除了个头，将近一米八。

所以，虽然她的名字很女性化，人们还是要在前面加一个“大”字，以示对她形象的肯定。“大梅子，领导叫你去下办公室！”“大梅子，等我一起去吃午饭！”

大多数时候，梅子是随和的、开心的，可是周围的人还是有些怕她，因为她那一触即发的暴躁性格。

一日，办公室饮水机桶里的水喝完了。

屋里，只有几个姑娘。大家你看我，我看你，再都看看空杯子，最后一齐看梅子。

“大梅子，你换下水？”声音如黄莺似的一位姑娘笑吟吟地对梅子说。

梅子还没反应过来，又一个小鸟依人似的姑娘发声了：“梅子哥，快换下水嘛！”

说起来是有点儿让人不快，但梅子的处理方式更让人不悦。

她怒发冲冠，站起来，走向饮水机，把饮水机上的空水桶拔下来，狠狠摔在地上，一叉腰，瞪着大家，大喊道："长得高就该给你们干活吗？！我就不是女人吗？就要被叫'梅子哥'吗？今天就给你们看看，什么是真的梅子！"

同事们都不敢说话。

尤其黄莺儿和小鸟依人妹妹，一星期看到梅子，都赶紧低头噤声。

说到梅子的暴躁，那真是从小闻名于街巷。

因为个头大，一般男生都打不过她，所以说一不二，成为她性格的一部分，稍微逆了她的意，她就能闹得天翻地覆。据说，街坊邻居教育自家男孩都是这么说的："你看看人家梅子，小姑娘都比你勇敢！"

暴躁和勇敢，梅子其实分不太清，习惯了被家人和身边人捧着、怕着，梅子觉得，只要往前冲就可以了。加上学习好，为人也算仗义，所以她想什么时候发火，就什么时候发火。

直到上了大学，进入一个完全陌生的环境，梅子才受到了教训。

大一，梅子和宿舍里的所有人都吵过架，都是为小事，比如，脸盆该放在什么地方啊，谁来做卫生啊。时隔多年，梅子都忘记具体为什么吵，只是记得每次都发疯似的，最后都变成集体哭闹。

大二开学，室友们坚决不和梅子同住了，她们开始是冷暴力，但又被梅子质问"你们为什么不理我"，然后又是大闹一场。继而，梅子的所有室友一起去辅导员家告状，她们联名上书，要求梅子搬出宿舍。辅导员找梅子谈话，让她给大家服个软、道个歉，没想到梅子又和辅导员吵了起来。

事情的解决方案是，宿舍楼的最里面有个单间，从前是储藏室，现在让宿管阿姨收拾出来，梅子单住。为此，梅子的代价是众人背后的白眼、嘀嘀咕咕，以及每年多付一倍的住宿费。长夜漫漫，别的房间卧谈会盛大召开时，她则辗转反侧，孤独啊。

暴躁的梅子在大学没交到什么朋友，工作后，虽然业务能力强，人们也对她敬而远之。

说话像黄莺儿似的同事，之后和梅子一起出差。过程中，梅子的干练、热心让黄莺儿印象深刻，渐渐也减少了对梅子的忌惮之心，转为亲密。

“梅子，其实你不是坏人。”回程路上，黄莺儿背靠着车窗，对梅子说。

“当然。”梅子悻悻地，“我有时就是控制不住自己。”

“控制不住自己的时候，你就想，我现在爆发是会伤害到别人呢，还是会救别人呢？如果是伤害，就马上冷静下来。”黄莺儿建议说。

没想到，黄莺儿是该建议的第一位受益人。

没过多久的一个下午，黄莺儿被一位男同事性骚扰。她面子薄、胆子小，虽周旋后逃脱，跑到卫生间后仍心有余悸，抓着自己的衬衫，对着镜子，嘤嘤哭了。

碰巧梅子也去了卫生间，看到了这一幕。在她的追问下，黄莺儿哭着告诉了她。梅子问她打算怎么办。“还能怎么办？只能息事宁人。”

梅子坚决地说：“这不是你的错，我们得让做错事的人得到惩罚。”

梅子本想冲向那位四十多岁离异、手中有点儿小权力的男同事，直接问责。想到黄莺儿告诫过她的话，冷静了下来。

现在问责，并无证据，只是对黄莺儿的伤害，等证据搜集完，再给那个龌龊的男同事点儿颜色看看。

之后，梅子四处搜索男同事劣迹，把男同事发给黄莺儿的骚扰微信，以及电话录音都留了下来。

她在整理这些证据的过程中发现，只要控制好情绪，她的无惧无畏就是最大的优点。

梅子将所有证据汇总，写了一封详尽的邮件发给包括大领导在内的所有人。男同事收拾东西走人了，临走前，他恨恨地对梅子说：“有朝一日一定要报仇雪恨。”梅子起身瞪他，比她矮半头的男同事气焰立马被灭了一半。

“大梅子，你真是好样的！”

所有人为梅子举大拇指。

“我真的不喜欢大家喊我大梅子。”梅子说出心声，“我也想小鸟依人啊！”

小鸟依人妹妹笑着说：“我们所说的‘大’，是说的江湖地位。你是我们中最勇敢的，当然为最大！”

心理师点评

朋友和假想敌同样重要

我们先谈坏情绪的转化。

你记账吗?

有的人通过记账盘点自己的财务。

我想，人也可以通过类似的方式让自己快乐点儿，对自己好一点儿。

随着我们慢慢长大，我们对自我的认知会变得越来越清晰，也越来越主动。根据过往的记忆去做盘点后就能发现，哪些事情是可以让自己开心起来的。

你要很清楚你的安全岛是什么。

比如，当你非常烦躁的时候，哪些事情会给你带来平静，你就去做那些事吧。有的人喜欢花花草草，有些人则喜欢音乐。

其实，就是要你站在第三者的角度去看待自己身上所发生的事情，讨好自己。

如果你能够在生活中找出几件讨好自己的事，就能提高你生活中的快乐的百分比。

我们再谈人的转化。

其实两个故事描述的是不同的生活场景，但是表达了一个共同的主题。

我们在成年以后的生活是可以用不同的方法对自己的人格特质,或者说待人处事的方式、方法、习惯等加以自我完善或自我调整。

第一个故事中，主人公是用一种竞争的方式来完成的；第二个故事中，主人公是用一种互相模仿的方式去实现的。

没有人天生就是懦夫或勇士，而且这两者其实都是人性中很重要的一部分，没有高低贵贱之分。

我们每个人在自己的生长环境过程中，因各种机缘巧合，会把一些力量或者一些方式、方法、习惯,变成一种我们偏爱的生活方式。

然而，人格是变化的，有弹性，可以不断调整和改变。

有时，我们生活中非常重要的朋友、非常重要的敌人，与我们有一种默默的相互吸引，因为他们身上一定是突显出了我们性格中非常渴望拥有的那一部分，我们称之为“个性”的东西。

第一个故事里的孙小野和李荣荣，呈现的就是在工作领域或者工作角色中，在与人合作和带领团队的方式方法上。

故事用孙小野的视角来展开。潜台词是，她可能以前是个能带领大家出色地完成工作任务的团队负责人。而新来的李荣荣则能让这个团体更加有人情味，团队成员彼此之间会更亲密，能产生情感上的交流。

在竞争和比较之下，孙小野开始希望自己在这一部分做得更好，向李荣荣靠近，是李荣荣激发了孙小野内心中的这种力量和能量。

心理学从来不认为什么东西是你做不到的事，只是你还没有把它挖掘出来。有些人就是在这样的机缘巧合之下，在压力之下，被激发，继而呈现。

所以故事的结尾，孙小野的下属评价——小野姐好像变了。

就是证明，我们在和一个所谓的敌人、竞争对手竞争的过程中，能把自己的另一部分能力也发掘出来。

在第二个故事中，在梅子和黄莺儿之间，暴躁和温柔看上去是一种相反的特质。

她们的交往也是把各自性格中没有被激发的那部分挖掘出来，学习和自我成长了。

生活中，还有很多的学习是人与人之间的互相影响最后呈现的结果。

这就是人格影响人格，例如，心理咨询师和来访者，良师和学生，前辈带新人等，他们之间都会发生这样的人格和人格之间的影响。也就是说，我们在成年之后其实还是可以不断地朝着自己想要的生活努力。

如果你身边有这样的可以跟你发生良好互动的人，请珍惜他。好朋友也好，想象中的敌人也好，他们的存在都很重要。

18.

没脾气不是没主见

刘松被公认为慢性子、没主见。

打麻将，出一张牌要考虑五分钟，还要环顾左右问参谋。点菜、决定去哪儿玩、选择看哪部电影，更是如此。这么说吧，凡是需要做决定的事，他都是一句“随便”或“你说呢”。

一次，有人借用广告语笑话他 ：“男人，要对自己狠一点儿！”他呵呵笑。一个实习的小姑娘在一旁轻声说 ：“我最讨厌这种没主见的男人！”

一日，同事聚会，刘松的妻子也在，她提起两人的婚姻。

想当年，他与妻子在一次旅行时相识，旅行结束，两人心心相印。

表白、交往、谈婚论嫁，该见父母了，她却退缩。几番闪躲后，她和盘托出，她患乙肝大三阳，前几次失恋皆因于此。她哭了 ：“就算你不在乎，你的家人也不可能不在乎。”

刘松的家人确实在乎。他母亲劝说无效，不想和他闹僵，只警告 ：如果你们在一起，就得做好不要孩子的准备。

“那就不要呗。”刘松慢吞吞，倒不温吞吞。他们结婚了。“如果不是他坚持，我们之间根本不可能。”他的妻子感动至今。

他们还是有了孩子，在结婚两年之后。

怀孕第四个月，妻子被查出转氨酶过高，这意味着孩子遗传乙肝的概率很大。一个深夜，全家人开会，妻子想到因乙肝受到的种种歧视，应了众人：“明天去做人流。”

可刘松一再说，等等，再等等，也许情况有变化，要给孩子一个机会。

和在婚姻问题上一样，所有人的反对都无效，刘松带着妻子寻医问药，再检查时，指标下降。几个月后，孩子出生，一年后，孩子体检合格，他才被认为是对的。他发短信给家人：“好高兴！宝宝终于被确认是健康的！”

“如果没有他，儿子的小命都保不住。”他的妻子不禁后怕。

在座的同事不胜唏嘘，他们其实是来和刘松告别的。

刘松刚换了工作，他原本在单位做人力资源工作，已任副职，但上级机关突然要成立计算机部，在全系统内招考，他报名参加并获得第一名。

大家都知道，他原是计算机专业毕业，当初择业时，没有对口的单位和部门。“但现在，这么多年了，为什么要放弃已有的资历和基础？”一位同事不解地问道。

刘松笑呵呵。原来，这么多年，他仍时刻关注计算机行业动态，有时，还在网上接点儿小项目。“其实，钱多钱少无所谓，最重要的是不至于让手太生。”这时，刘松才表露心迹。

而他的妻子给人们添着酒，应声道：“他是真喜欢计算机，现在这个机会，他等了太久。”

在座的人，认识刘松都有好几年了，习惯了他说“都行”“随便”“你说呢”。

几乎所有人都以为他优柔寡断、没有魄力，是个好好先生，甚至连实习生小姑娘都在私下大胆地评价他“没主见”。

一位同事说：“太多的人，大事没主意，小事不凑合，越是琐事，他们越力求身边人按自己的想法来，频繁行使决定权并认为这就是有主见、有个性。其实，生活中大部分的事情，行事按此意见还是彼意见没有本质的差别，一个人一生需要表达主见的事不过关键的几件。比如，和什么人一起生活，从事什么工作，明白自己喜欢什么，想得到什么，需要维护什么。而决定一个人一生是否幸福的，也不过这几件事吧？”

“别看刘松平时那样，其实他是一个有主见、有个性的男人，他坚持的事自有他的道理，谁反对也没用。”刘松的妻子笑吟吟地说。

正是这样一个有主见、有个性的男人，让他的妻子对所有未知的、未来的、将要共度的生活充满希望，那么笃定。

19.

有个性不等于坏脾气

森森脾气不好，这是遗传。

森森妈的脾气就不好，她还总回忆小时候，森森姥爷常说的关于森森妈的话："这几个囡，老大最有脾气，我最喜欢。"

森森后来总说："我妈和我姥爷一定是误会了，以为'脾气'和'个性'是一回事，但误会太深，她又润物无声，导致我从不觉得坏脾气是个事儿，于是，到我青春期时，我们母女间的相处方式就是对抗。"

那时，森森身上常一块青一块紫。

一日，邻居阿姨来串门，疑惑为什么已是盛夏，森森却用长裤长衫将胳膊腿捂得严严实实，而不穿裙子。森森妈斜她一眼："你问她！"

阿姨以为森森考砸了，森森气呼呼回："没有。"森森妈妈也气呼呼地说："我从不为学习揍她，都为顶嘴。"

是啊，顶嘴。

一言不合，森森就觉得受了天大的委屈，浊气上涌，喉头腥甜，不自觉提高声线。盛怒时，她的每一根头发都似刺猬的刺，立着，用只有她能听到的声音喊：戳出去，戳出去。

等森森谈恋爱了，历任男友都看过她决绝的背影，“一扭头就走”是标配姿态。

“扭头”的理由不一，什么忘记某个纪念日啦，什么多看了别的女生一眼啊，有一回是因为点的菜不对，“明知道我不吃什么，偏点什么，可见心里没有我！”森森拎起包就走了。

历任男友都哄过森森，但结局不同：有人后来任她决绝；有人也被开发出坏脾气，每次发现不对，就先发火，先走。

森森最终和总点不对菜、还学会以暴制暴的男朋友结婚，一开始，大吵三六九。

最激烈的一次，他们把能摔的都摔了，老公指着新买的手机：“有种，你摔它？”森森毫不留情，抓起手机从 19 楼掷出窗外，他又指着电脑：“有种，你摔……”话没说完，森森就奔向电脑，他不敢再战，冲刺般抱起电脑夺门而去。

森森也夺门而去，路上，碰到一只土狗，森森没好气踢它一脚，谁知，那狗一跃而起，咧着白牙追着森森。森森从没跑过那么快，穿过菜市场，还翻过一个栅栏，腰跑得近乎断——她的坏脾气被脾气更坏的教训了。

当然，这不是唯一的一次教训。

大学同学聚会，有人回忆，森森和一个男生口角，把人家灌满水的热水瓶扔了，回忆者半开玩笑半认真："他就是让你，你啊，当年真是攻击性性格。"

"攻击性……"森森讪讪地说。

时隔多年，口角原因已经全忘了，可发火的泼辣样留给当时在场的人永不磨灭的印象——忒不值了。

还有，许多不得不开口的道歉。

盛怒时那些立着的刺，终究会软下来，它们常佐以盛怒时流下的汗一缕缕贴在头顶，提醒森森收拾残局。

有些人决绝就决绝了，有些人还得继续往下过。

比如，森森扔了又被迫赔人家的新手机；比如，无数次在微信厚脸皮发出的求验证私信："你好，我是你夫人。"

以及，能力之外造成的不信任。

比如，升职时，领导对森森不断重复"要磨磨性子"，他说了好几遍，森森都想顶撞他了，但她忍住了。

最近一次想发火，是森森好不容易作为新任领导召开团队会议。

一个人提出异议，森森解释。

那人继续异议，森森脸色有些严肃。

那人重复异议，森森开始掰手指，关节嘎巴嘎巴作响。大家你看我，我看你，唯恐她发作。

谁知，森森扑哧一下笑了："没什么，没什么，你说。"她挥挥手。

"森姐，过去可是那种吵架了敢在野生动物园下车的女人啊！

你敢惹她？”散会后，有人拧拧顶撞者的胳膊，为他后怕。

“呵呵。”谁知，森森就站在他们背后，低声道，“我只是有个性，不是你们说的不分青红皂白的坏脾气。”

她绝尘而去，留下一个意味深长的背影。

如何与自己的坏脾气相处

1. 团队合作中，不要误把坏脾气当成个性来纵容

一个人，如果从小到大对人对事的原则就是，一件事情，只要它的初衷和结果都是好的，过程如何不重要。

那我抱歉地通知你，除了过程，我看结果也不会好到哪里去。

团队合作中，需要每个成员相互配合来完成既定目标，需要成员分工明确，彼此衔接到位，并且对各项工作看法一致。

每个成员的想法不可能完全相同，这就需要有的成员能积极动脑，有的成员要妥协让步，才能达成一致意见。只要团队中有不好相处的或一意孤行的人，情况就会变得很糟糕。如果这个一意孤行的人能力极强，能说服其他成员配合他；如果这个人不能说服其他成员，就有可能被团队排斥在外。

一个人在生活中要学会做人做事，就是说眼睛里不仅要有“事”，还要有“人”，这个“人”就是别人。你在与人沟通交流的同时，也要考虑到别人的感受。因为人最大的特点就是有自己的想法、情绪和情感，这其中就包括自尊，以及对各种人和事的好恶感。每个人的情感和看法都是不同的，你不考虑别人的感受，自然也无法与别人达成一致，也就无法进行团队合作。

处理不好团队合作，你的情绪自然也好不了，就会像森森一样经常跟别人吵闹，误把自己的坏脾气当成是自己的个性，毫不认为这是个性中的缺点。结果你与别人的人际关系会变得更糟，陷入坏情绪的恶性循环当中。

2. 看清自己的坏脾气，提升“共情”能力

故事中的森森显然没有学会考虑他人的感受，也就是说，她的情感体验能力比较弱。

缺乏共情能力的人，他们对事情的看法或者做事方式方面就会非常片面，比较简单粗暴。就说这个森森，她的个人能力很强，也很有脾气，有个性，自己的工作可以完成得很好。可当她做领导、带领团队的时候，没法体会其他人在做事时候所遇到的一些可能的困扰和问题。因为在她看来那些都不是问题，所以她认为对于其他成员来说，这也应该不是问题。这种傲慢的姿态，无形中会拉开别人与她之间的距离。

我们在学生时代，环境单调，人和事也简单，所以我们只要做好卷子，学好功课，写好论文，就能万事大吉，赢得别人的赞赏。但是成年人的生活和工作环境比较多元化，所面临的就不单单是一个人或者一件事了，我们与人和事之间不再是简单的单线关系。

成年人的社会，需要每个人都有共情能力，我们与其他人和事的关系是多线的，需要我们经常换个角度去看待周围的人和事。有了共情能力，你就会了解每个人说话做事背后的出发点，你也会意识到自己武断的评价、粗暴的吵闹是你自身的缺点，你需要改掉自己的坏脾气，控制自己的坏情绪。

这样一来，你的心胸自然也会开阔很多，你就能冷静地处理摩擦与冲突，才能与人顺利交往，将生活和工作中的问题处理好。这样一来，你的暴脾气自然就缓和了许多，你也不会再陷入坏情绪的无限循环中。

3. 温柔对待自己，慢慢理解他人，自然甩掉坏脾气

我们周围，有许多小伙伴做事的能力极强，但为人处事方面却很弱,共情能力很差。这样的人工作效率会比较高,但又非常孤独。因为他们本身就缺乏理解别人的能力，所以也没有办法让别人来理解自己，无法与人顺利地沟通交流，在工作中只能自己亲自动手，无法带领好团队。比如说，如果你是个工作能力极强的 IT 人士，可以依靠高智商轻松解决技术上的难题，但由于缺乏共情能力，在与人合作时就会磕磕碰碰，反而影响做事的效率。

而故事中的刘松，看起来慢吞吞、没脾气，但是坚持的事一定要做，他周围的人对他也报以敬意和理解，这就是他的个性造就了他的魅力，并营造出好的人际关系氛围。

世上确实有一些天才处在“高处不胜寒”的状态，但大多数人会因为自己情绪体验能力的欠缺，在生活和工作中遇到很多挑战和困难。这些人在人际交往中遇到了困难才开始反思：“好像是因为我自己有点儿什么问题，才会导致现在的处境。有些事，我从小到大都没有注意过，我以前并不觉得这是个事儿啊，但是现在我可能需要重视与人沟通的问题，控制自己的情绪，不要乱发脾气。”

慢慢地，你会开始自觉地去提升共情能力，学习体悟他人的感受。提升自己的共情能力，要先从体会自己的情绪、温柔地对待自

己开始。不对自己发脾气，然后慢慢地学会去理解他人，去考虑别人的处境，就会慢慢理解他人的所作所为，也不会再对他人发脾气。慢慢地，你的坏脾气就会一点一点地改变，你与他人的交流沟通会越来越顺畅，生活和工作也会更加顺遂。

第四章

如何面对现实残酷

别指望谁都觉得你好，有问题解决问题，解决不了就换个码头，从头再来。

20.

她为什么哪壶不开提哪壶

王芳的前男友是她的本科同学，大学毕业后，在北京一所著名的高校读研究生。

临行前，他信誓旦旦："放假了，我就回来看你。"然而一个学期后，他却提出分手，并对在家乡任导游的王芳说："你不过是个小学校毕业，在小地方做服务工作的。"

当时，王芳握着电话，一句话也说不出来。

此后的那段时间，王芳只觉胸口裂开一个大洞，眼前浮现着前男友的笑脸，耳畔却回响着"小学校毕业""在小地方做服务工作"的刺耳话语。

工作时，她常会走神；独处时，她会忍不住掉眼泪。直至一日，王芳在电视上看到天安门的画面都会让她难过时，她轰然惊醒，决心自救，发誓不能再让这件事把自己打倒。

半年后，王芳考研。一年后，她考上了前男友所在的高校。

临行前，王芳做东，与昔日同寝室的同学话别。

好强的她此刻才告诉同窗姐妹已经结束的恋爱和挫败，王芳情绪激动，姐妹们不胜唏嘘。

“我考研，不是为了示威，而是为了争口气。”王芳顿了顿，不禁黯然，“那段时间，我连自信都没有了。”

听到这儿，同学S走过来拍拍王芳的肩，带头举杯表达对她的叹息和祝福。

几年过去，王芳毕业、成家、换工作，在另一个城市落下了脚。

她带着丈夫回乡省亲，在餐厅和同学聚会。

同学们的话题无非是工作中的喜怒哀乐，而王芳却时不时谈到新买的房子以及新升的职位。

正当王芳兴奋地说笑，停顿片刻去接丈夫深情款款递过来的一块比萨时，S突然发问：“王芳，你前男友现在怎么样？”

王芳愣住，如同揭开一块旧伤疤，手停在半空中，丈夫则疑惑地看着她。

S却并没有停止的意思：“你说和老公一起回来，我还以为你说的是他。你已经不是我们这样‘小学校毕业，在小地方做服务工作的’，他怎么没和你复合？”S说完，得意地对其他人飞了个眼色。

S的话如一根尖锐的针刺破鼓足了气的气球，王芳的脸上红红白白，诉说新生活的欲望戛然而止。

气氛顿时尴尬。

那天匆匆吃完，不欢而散。回去的路上，王芳想起多年前的伤心事依然郁闷，而面对丈夫的追问，她又无可避免地和他吵了一架。

“为什么S哪壶不开提哪壶？当初知道这件事的人没几个，我信任她，才把隐私告诉她，怎么现在反成了她攻击我的把柄？”王芳既恼怒又心寒。

21.

她把同事塑造成儿子的反面典型

秦姐的儿子外国语大学毕业，所在的公司位居世界五百强。

言谈之间，秦姐总不免把他当作毕生的骄傲：高考时分数多少，英语过了几级，现在薪酬几何。只要你愿意，秦姐就会拉着你絮絮叨叨，事无巨细地汇报。

办公室新来的大学生小李和秦姐的儿子年纪相当。

和秦姐儿子不同的是，小李出生于怀柔农村家庭，所读的大学、专业都略逊一筹。但小李踏实可靠，办公室里打水扫地，复印机、传真机的修理，谁的电脑有问题，他全都包了。人人都夸小李勤快懂事，只有秦姐事事使唤他，处处不满意。

秦姐谈自己的儿子时，还总有意无意地捎上小李，无形中仿佛要把小李塑造成自己儿子的反面典型。

有同事咨询高考志愿的填报，秦姐向同事解释“一本”和“二本”的区别时便说：“你看，小李毕业的学校就是‘二本’，我儿子就是‘一本’。”

小李是新人，且秦姐的这些话又没当着他的面说过，所以就算有耳闻，他也不好动怒。

直至有一天，同乘公交车，小李挨着秦姐站着，秦姐又开始提起她的儿子。炫耀完老三篇——儿子的学校、工作和收入后，秦姐大声问小李：“你有女朋友吗？”

小李点点头：“有。”

“哪儿认识的？”

“大学同学。”

秦姐一下子卡了壳，儿子啥都好，就在谈恋爱这个问题上不积极。

她斜着眼看着小李，扬起声：“就你一个月这点儿钱，也敢找女朋友？拿什么买房买车？我儿子比你有出息，税后两万，都怕娶不起媳妇。我跟他说，儿子不用愁，一套房子还买不起吗！”

公交车上的人闻声都朝他们的方向看，小李尴尬得不知如何作答。

又过了段时间，行业订货会上，同事们见到了同属一行的小李女朋友。

大家热情地招呼着那姑娘，小李则在一旁腼腆地笑。秦姐闪在一边冷冷地看，小李女朋友回到自己单位的摊位后，秦姐假意热情和关切地拉着小李说：“那是你女朋友啊，不错，不错！就是穿得有点儿土。”

小李一言不发，甩开秦姐湿热的手，转身而去。

半年后，小李辞职了。出乎所有人的意料，他跳槽去了业内最好的单位，薪酬也翻了倍。

领导问他辞职的原因，小李想了一会儿，说起公交车上秦姐与他的谈话，以及她成天眼里的不屑。

除了领导，小李离开公司前告别的第一位同事就是秦姐。

让人想不到的是，秦姐知道消息后，张大了嘴，却自始至终没发表一句评论。

如果有人故意拆你的台

受伤时，如何保护自己，可以体现出一个人的心理成熟程度。

看看以下这些描述。

状态一：在日常生活的人际互动中，当我察觉到内心的不舒服时，我会稍稍整理自己的情绪，然后平静且清晰地告诉对方："你这样做，我很委屈 / 有一些生气 / 比较失望……"

状态二：在日常生活的人际互动中，还没等我察觉清楚内心的不舒服，就已经火冒三丈 / 泪眼婆娑 / 拍桌子瞪眼 / 破口大骂……

状态三：在日常生活的人际互动中，有时候我本来觉得好像一切没问题，可是对方突然不知怎么就不高兴了。哦，我刚才的这句话 / 这样做伤到你了？真不是故意的，别生气了好不好！不过现在回想一下，你之前的那句话 / 那样做，其实同样也让我也很不舒服……

状态四：在日常生活的人际互动中，我觉得一切都没问题，非常好。不是这样吗？只不过，人呢？怎么大家又都不见了？哎，他们就是嫉妒我，受不了我的日子过得比他们好……

在日常生活中，我们很容易就能观察到以上几种人际冲突的互动模式。比如，王芳的同学 S，那种被控诉为"哪壶不开提哪壶"

的行为，背后的心理动因，大概就处在上述第三种行为模式的状态。

如果当时有人强硬地去追问他们，对于王芳的伤害是否有意为之？那么得到的答案一定会是满口否认："哎呀，她想多了，我真的就是随口一说"。可是，要是换一个环境，比如回家之后与自己的家人聊起整件事，说不定他们就会说："你说她怎么也不想想我的感觉……"

以上一番过于简化的野蛮分析，并不是为了说明同学S为人多么阴险，以无辜的表现掩饰内心的恶毒（很有可能，他们就和你我一样，只不过偶尔会刺痛他人软肋）。如此推测，只是想带着大家暂时跳出叙事者的单方视角，与整件事件的发展保持一点儿距离，再去重新发现当时发生了些什么。

系统派家庭治疗师喜欢说，生活中的许多伤痛都是"冤有头，债无主"，十分经典地描绘了类似的这种"人人都是受害者"的互动模式——在我们的心底，都有一些特别柔软的地方，经不起外界哪怕是最为轻微的碰触，稍有刺激，就会带来钻心的疼痛。可是即便如此，我们同时又都不愿正视它们的存在，常常不好意思昭告天下，明示他人哪些东西是自己的禁忌之处，拜托大家尊重照顾。

所以，在很多时候，当我们被他人"弄痛"了，可能责任至少有一半要自己扛，大家有可能真的没有预计到你会如此受伤。除此之外，还有更大的一种可能性，就是上文所说的状态三，即在你感到受伤之前，对方也已经很不舒服了，只不过或是抹不开面子明说，或是一时还没有意识得到，总之，就是要回敬了你一点儿颜色，希望某个话题就此立马打住。

比如同学S那句反复提及的"小地方毕业"，可能不仅仅是王芳的痛苦回忆，还是她自己的伤心之处。更何况，当时的王芳已经光鲜地远离，而S却依然生活在被人瞧不起的“小地方”。

因此，如果我们将来再遇到类似的打击，感到自己一时难以承受，不如当场就用言语表达清楚自己的不舒服（也就是开篇描述的“状态一”）。这样做的好处有二：一是可以给对方一个澄清的机会，也许人家并不是蓄意伤害；二也让在场的其他人同时知晓，“这个话题对我来说暂时不能接受，我不想再次听到，也开不起玩笑。”

当然，还有比“状态一”更为理想的状态，就是跟着大家一起笑一笑那个曾经软弱不堪的自己（可谁又不是呢）。不过，能够这样去做的大前提，是我们差不多已经疗愈了自己的伤痛。早先溃烂的伤口已经结痂蜕皮，虽然看起来不算漂亮，但是也具有了基本的抵抗能力。所以，若是你做不到，就没必要强求。

至于那个看起来特别讨厌的秦姐，十有八九，就是经常处在第四种心理状态——这种人其实很可怜的，他们甚至“不敢”面对自己的感受，总要自我安慰一切都是别人的问题；而那些他们时常给别人制造出的“被贬低感”，实际上是他们自己体会最为深刻却打死不肯承认（甚至“真的”意识不到）的人生状态。

“极端相反的事情是同一件事。”精神分析的这句名言，说白了就是“晒什么缺什么”，所以，如果大家身边也有这种人，时时处处贬低他人以显示自身的优越，大可放心，在他们脆弱的内心深处，还不知道要自卑到什么程度！因此，我们只管过好自己的日子，不用额外再多做什么，就是对这种人最有力的回击了。

我想当主角

晏铃阴差阳错，找了份某大型国企综合管理部的工作。

所谓综合管理部，前身是总经理办公室，但业务越来越多，除了应对文山会海，还要兼管人事、宣传，甚至连工资表也要兼做，于是干脆更名。而所谓阴差阳错，与晏铃所学的专业和手上的工作完全不相干，她学的是物理，如今做的呢？用她的话来说就是“大丫鬟”。

刚来那会儿，晏铃真的像个丫鬟。

她是小字辈，办公室里复印、发传真、接电话，开会时端茶倒水、聚餐时订房间等杂活都是她干。同室的张姐、李姐、王哥看起来对晏铃都不错，但谁都能使唤她。这样说吧，只要有人喊“谁来帮个忙”，那么这个“谁”，就特指晏铃。

半年后转正，写总结时，晏铃发觉词穷。每天都在忙啊，每天都笑得脸上一小块肌肉疼，为什么落笔时竟没什么可写的？晏铃扶着头，想了想过去在学校的日子。那时，她当班长，学习、参加社团、组织活动，每天她都知道自己要干什么，每个学期结束都有成绩单或奖状来证明干过什么，现在呢？时光如流水，如白开水。

更可恨的是，同事总将她的名字喊错，有时是“小张”，有时是“小王”，晏铃知道这都是以前在这儿工作过的人的名字。哎，她越发觉得自己像个千人一面的龙套。

“哪怕当丫鬟呢，也有柳五儿和金鸳鸯的区别。”晏铃握紧拳头，“不能做一个有我行没我也行的人，我要做一个重要的人。”

怎样才能变得重要呢？只有去做最重要的事儿。

晏铃想了又想，通过这些日子的观察她已知晓，综合管理部的核心任务是写各式材料，而好笔杆子难求，领导不止一次地表达了对现有汇报、纪要、规章写作的不满。晏铃是理科出身，但文字功底一向不弱，她的问题在于怎样掌握这类文章的写作模式，以及让领导知道自己有意向此方向发展。

晏铃向领导提出借阅以前的各式报告时，领导有些诧异，但目光中明显流露出鼓励。“现在的年轻人就是机灵！”领导感慨地说。

此后的事不难想象，一个又一个深夜，晏铃嚼着口香糖提神，一个字一个字在电脑上敲，第二天早上再忐忑地呈交给领导，悄悄观察领导的脸色……说实话，报告总是枯燥，但晏铃看着人手一份自己写的东西时，又有一点儿满足感——我不再是可有可无的人。后来，这样的工作任务竟完全落到晏铃一个人身上。

晏铃变成了办公室里最忙的人，但同时，也成为最有权挑活儿的人。打杂的事即便她想做，但电脑里文档已经打开，标题已经写好，找她做事的人话到嘴边也只好咽下去，只剩一句“你忙吧”。

除了这些，还有别的好处。比如，每逢重大会议或活动，她的任务和别人不一样，被特批可以只做自己的事儿，倒也省心。又如，倒休或晚来会儿或早走会儿，领导都笑眯眯没意见，这让晏铃的时间、节奏比别的同事宽松许多。更重要的是，她渐渐地把宣传这部分的事情也接过来了，和各大媒体、单位各部门打交道，组织、协调、沟通。晏铃觉得她和两年前刚工作时完全不一样，老练也干练了许多。

不过，日子久了，晏铃又有些茫然。

她思考着自己的核心竞争力。她的工作干得是不错，但做得再好也敌不过国企论资排辈的老规矩，前途在哪里她不知道。万一有一天，她想离开现在的单位，走出去，她还有多少资本和别人竞争呢？还有，办公室、宣传工作说起来是万金油，她没有专业感，当笔杆子、做传声筒，她已心生厌倦。

晏铃又像当年一样，埋头苦想。

单位、部门就是她的平台，这平台唯一让她觉得有亮点、有发展的工作内容就是人事。这些年，人事管理的相关政策不断出新，单位没有专门的人力资源部，而照现在的发展趋势……平时，晏铃也多多少少能接触一些相关工作……晏铃决定报考人力资源师。

单位成立人力资源部时，晏铃是唯一一个有证、有相关工作经验的人。

综合管理部的领导不愿放晏铃走，负责组建新部门的人力邀她加入，一切像是甜蜜的抉择。这时，整个单位都已不再有人把晏铃的名字喊成“小张”或“小王”了。晏铃在朋友圈里写道：“哪一件事不需要策划或经营呢？只要你想做好。未雨绸缪、审时度势，不仅是为了谋生，也为取得自己生活的安排权——我想当主角。”

23.

二茬新人的龙套戏

张闾自部队医学院毕业后，一直在军区医院工作。

他的外号是“张一刀”，可见手术水平之稳准狠。

一个偶然的机会，他被外派至上海交流学习，与张敏一见钟情。

异地恋好几年，为结婚、为结束两地分居，张闾离开部队，离开医院，来上海重新开始。

张闾没继续做医生的工作，公立医院不好进；私立呢，他又不打算考虑，做惯了体制内的工作，私立太没保障，提心吊胆。

几经周折，他进了某事业单位做文职工作，家人和他自己对此都还满意。

调张闾来的领导被他视为再生父母，且不说工作的分内任务，也不说可做可不做的事，业余时间领导一个电话都能把张闾从城南叫到城北忙芝麻大点的小事。一次，他让张闾帮忙接送孩子上学放学，中途又来电话让张闾为孩子去商场挑个书包。张闾倒是无所谓，但被同事张三看到了，领导的孩子跟在张闾身后，张闾逐一拆开书包的包装，询问孩子是否喜欢，张三若有所思对张闾点头微笑。

回到单位，张闾发现张三正对李四进行现场复原，说得有鼻子有眼，这时张闾听到“领导心腹”的议论传来，张三和李四还在叽叽咕咕。“是心腹大患吧！”张闾干脆从背后拍了他们一下，面面相觑，随即三人赶紧哈哈了事。

此后，张闾就很注意。

为了表现出自己本就是个热心人，绝不是为了讨领导欢心，单位里谁需要帮助，谁要调班，张闾都伸出友谊之手。慢慢地，修电脑、搬东西、准备会议、写各种材料……体力的、脑力的，张闾都成了不二人选。

起初，他很享受，就像春晚小品里《有事您说话》里傻呵呵的哥们儿为得到人们一句“谢谢”而欢欣鼓舞。但很快他发现，琐碎事务占用了他太多时间，他的分内事只能通过加班才能完成。上班时几乎每隔几分钟就被“张哥，帮我个忙”“小张，我在外面，明天的审核报告你来写吧”等请求、命令而打扰。到新单位一年了，竟然没有能拿得出手的工作成果。回去和战友们聚会，看着比自己年轻、还拿着手术刀的各位，虽然累，但好歹从事的是自己擅长的、喜欢的工作，张闾急了。

“我这么折腾，从家乡到上海，一切从头再来，总不能一辈子做个跑龙套的吧？”这个周末，张闾窝在沙发里，任午后阳光细细碎碎透过百叶窗洒在他的脸上、身上。

妻子劝张闾忍耐，伺机寻找翻身机会，可能一开始定位就错了，糊里糊涂，人才成了跑龙套的。“实在不行就再换个单位？”她拿出最下策。

张闾却摆摆手，说，他也想过再跳槽，但他的年龄也不小了，还能再去一个新单位做新人，再换一个行当吗？喊比自己年纪小的人“老师”，张闾张不开口，心中也不忿；而且，换个单位想搞好干群关系、同事关系，就还得重新从好好先生做起。“岂不是还要跑龙套？那我这一年的龙套岂不是白跑了？反正二茬新人总是尴尬！”

心理师点评

不一定都要跑龙套

职场新人，不一定全都是要跑龙套的。

让我们换个角度想一下：用人单位千挑万选，花钱把一个人从劳动力市场上“买”回来，结果您成天到晚只做一些跑龙套的闲杂事，单位的这桩买卖岂不是亏大了？

有些职场新人之所以日复一日“发展无望”，就是因为他们不仅总在抱怨自己天天跑龙套，还缺少主动定位自身发展方向的头脑和眼光，总是“渴望”有朝一日领导开恩，把自己“安排”到一个闪闪发光的舞台之上。拜托，想在职场上被委以重任，就请先帮助领导建立起对你的工作能力的基本信心。

有意思的是，很多从小被老师家长夸赞着长大的“好孩子”，更容易在初入职场的岁月里充当莫名其妙的龙套演员。究其原因呢？除了缺少职业发展的方向感之外，在他们的个性之中，还有过多的对于外界夸赞的渴望，在人际交往中界限不清，比较容易顺从他人的意见，在许多原本可以礼貌拒绝的情况下，难以坚持自己的原则。

就好像故事里晏铃一开始的状态：办公室里此起彼伏的“谁来

帮个忙”，似乎对她来说，就都变成了立刻需要完成的使命。遗憾的是，你越是去多做“不重要”的杂事，人们越是会把你看作“不重要”的人。所以，千万不要把“职场新人”的标签，在自己脑袋顶上贴太久，尽快找到该做的重点工作，才是一等一的正经大事。

此外，精神分析还有一个放之四海而皆准的基本理念——我们每个人都在自己的症状之中获益。直白一点儿地说，就是人们绝大多数的痛苦都是自找的，可怜之人必有可恨之处，那些让他们私底下偷着乐的地方，却一直装没看见——否则，谁也不是傻子，若只有痛苦的境遇，早就想方设法去改变了。

我们差不多可以说，这些“喜欢”跑龙套的人（不管他们嘴上承不承认），通常都有一颗比较脆弱的心。如果有谁对他们手头的工作提出一点点的不同意见，他们就会立刻解读为对方对自己整个人的无情批判。所以，还是干脆去做些无足轻重的小事稳妥啊！这样就不用直面如此惨淡的人生了。

特特说

生活需要“混不吝”

高三之前，我都是差生。

有多差呢？高二分文理科班，数学 150 分满分的卷子，我考了 29 分。

至于日后如何接受的高等教育，待会儿再说。当时当地，在那之前的好些年，我都在“你不好”“你不行”的评价中长大。

不是没有遗憾的。

谁不想在老师期许的目光中走上讲台领取最高分的卷子？

不过，也没什么遗憾。成年之后，尤其是走向社会，独自谋生，我还为我年少时做差生的经历锻炼了我强悍的神经而庆幸。

非议、批评、大家都不喜欢你……

没关系，小时候遇到的比这多多了。那时不能随性转学，现在起码我能跳槽吧？

总在打酱油，重要的事轮不着自己……

就当在数学课上看小说，唯一的尴尬不过是突然被提问时瞠目结舌吧？

以上都是我曾有过的心理活动。

未必健康、积极，但在特定时期，在一定程度上真能缓解焦虑，麻醉脆弱的自尊心。

凭那一点儿麻醉效力，就有足够的时间调试自己、观察周遭——先破罐子破摔，再从谷底挣扎起来，因为有破罐子破摔垫底，无论需要挣扎的是舆论环境还是业务能力问题，都显得毫无负担。

年少的我终究因为受不了一个优等生对我智商的质疑、鄙夷，怒而发奋。

高二的暑假，点着煤油灯（新建的小区，电压不稳，总停电），拍打着蚊虫，我把学过的数学书抄了一遍。我妈妈是会计，她将用废的增值税表格带回家给我当草稿纸，我在纸的反面抄写正弦余弦，那一章用的纸叠起来就有一寸。

高考时，数学书上的所有例题我都会默写。

高三下学期，我甚至还得了一张三好学生奖状，这也是这辈子唯一的一张。

成年以后，这段经历一直给我勇气。一切逆境，只要有人为可以改变之处，我就相信能扳回来，这是曾为差生的心理福利。

我的家乡合肥有句土话，叫“好大事”。

意思是，有什么事算大事？

我喜欢这种“混不吝”的精神，没什么值得苦哈哈，带着一包袱的眼泪；别指望谁都觉得你好，有问题解决问题，解决不了就换个码头，从头再来——生活需要“混不吝”，这大概是我做差生时的思维惯性。

第五章

如何应对人生突变

绝大多数人其实都在内心抗拒着生活的突变，反而更喜欢一边抱怨着现有的生活，一边努力让生活维持原样。

24.

宅女小 D 的烦恼

小 D 宅了七年。

七年前，她和大学同学 Y 相恋，靠 Y 父母提供的不菲生活费，倒也过得滋润。

从那时起，小 D 便无心学业，每天的生活就是上网、打游戏。大学毕业，小 D 随 Y 回到北京。她学的是会计，却连起码的资格证书都没有，很难找到工作，她就继续宅在家里，重复着过去的生活，还迷上了网上购物。

Y 的父母曾给小 D 介绍过一份工作，然而，只半个月，小 D 就辞职了。Y 给她报培训班，让她考证，但每次都不了了之。Y 和他的家人不止一次劝小 D 先找份工作做着，但她不是哭就是闹，说急了，便扬言要绝食。

这些年，小 D 所有的开销都是由男友 Y 埋单。作为一个女孩，她除了要吃、要喝，还要打扮、要娱乐，好在 Y 的收入不错，维持两个人的生活绰绰有余。小 D 为此得意扬扬地向同学、朋友炫耀“被老公养着”的幸福，却不知道，一分钱也不挣，“还花得不少”的她，已成为男友 Y 心中的一根刺。

Y 所在的公司受经济形势影响，2018 年年初开始裁员。虽然 Y 所属的部门还没动静，但年底 Y 的年终奖被取消了，这预示着前景不太乐观。Y 开始觉得有压力，他希望小 D 找份工作，分担他的压力。

可是小 D 已经习惯了宅生活。

她答应 Y 找工作，可又舍不得每天睡到自然醒的状态；她害怕和陌生人打交道；花钱花惯了，对每月只有几千块钱工资的工作实在看不上眼，但高薪的工作又找不到。更重要的是，小 D 根本不知道怎么找工作，连简历都不知如何写——怎样描述这虚度的几年呢？

小 D 不自觉地开始逃避，她每天确实都去招聘的网站浏览职位，却也只是浏览、收藏，然后眼睁睁地看着职位过期。

其实 Y 对小 D 的期望并不高。他觉得，只要小 D 降低标准，就算形势不好，也能找到工作。只要有工作，甭管挣多少钱，都比待在家里好。

但小 D 连简历都没做，又在网上买了一堆东西。Y 失望透顶，搬回了父母家，断绝了给小 D 的经济援助，小 D 一下子被推向失恋和没有经济来源的双重困境。

她夜不能寐，以泪洗面，觉得委屈。这些年，虽说没工作，可家务都是自己做。前前后后七年，自己最好的青春都奉献给了Y，现在什么都没有了，她近乎崩溃。

钱很快就花得差不多了。

小D不得不对着电脑，寻找任何一个可能的职位，哪怕低薪。她一有机会就挣扎着早起，去参加哪怕希望渺茫的面试。

她甚至留心门口饭馆是否有招勤杂工的启事，她在超市买东西时，也开始拣最便宜的买。

北京的冬天分外寒冷，小D从地铁车厢出来，从拥挤的人群中拽出自己的围巾和包。

上个月还每天除了吃睡玩，什么都不想。现在却每日奔波，不在乎能找到什么样的工作，只要是份能赚钱的正经工作就行。

想到这儿，小D有点儿恍若隔世。

25.

全职太太的新航线

王婷以前做医药代表，工作累，婚后不久就辞了职。

起初还想再找工作，但休息了几个月，就不想再动。老公挣得不少，家里也不需要她的那份收入，她这一歇，就是五年。

五年来的每一天，王婷重复着睡觉、上网、做饭、购物等宅活动。有时上网入了神，她连饭也不做，干脆叫外卖。老公管她叫“大小姐”。

老公所在的外企从去年开始业务量减少，从天天加班到不再加班，从很忙到渐渐不忙，老公回家时不免长吁短叹。

一次，老公对着信用卡账单，刚嘱咐王婷以后要省着点儿花，却又听到王婷说，手机丢了，要再买一个。他忍不住说了王婷几句，把多日来怕裁员、怕失业的郁闷和盘托出。

老公再长吁短叹时，王婷也坐不住了，她总疑心老公含沙射影。一听到老公说郁闷，她就心如刀割。于是，王婷在网上继续游荡时，开始琢磨如何增加家庭收入。

五年没上班，再上班，且不说工作多难找，自己的适应能力也是个问题。王婷想结束无所事事的生活状态，却也不打算再去找份朝九晚五的工作。

她请教那些做微商的网友，确定自己熟悉又喜欢的业务范围，调查清楚如何进货以及大概价位后，就瞒着老公，在网上找到适合自己的产品，加盟该产品的销售团队，做起生意来了。

老公还是知道了，却也没把王婷的生意当回事。可王婷不再像过去那样天天睡到中午起来，而是和老公一起起床。送走老公后，打开电脑，时时刻刻守着她的五个微信，共计两万多个好友，和买家交涉，尽可能多地提供更好、更快的服务。

王婷的微店开始只卖衣服，后来兼卖包和化妆品，以及一些零食。她想挣钱，又有时间，服务态度好，从最初只有零零散散的客户，发展到五星卖家。

朋友圈都是熟人，或者是熟人的熟人，对王婷信得过，不能说生意蒸蒸日上，也起码状态平稳。有时，家里来人，客人们最常见到的是她一边发快递，一边回复手机上的信息，对待手机那端的朋友们，比对待眼面前的客人更加尽心。

王婷好就好在，至今为止，她没卖过假货，而且每一件销售的产品她自己都用过并觉得好。此外，她还从不恶意或死缠烂打地推销，她只是默默地发朋友圈，介绍产品、介绍功能、介绍自己的体验。在自己做推广的同时，她还会花很多时间观察别人的朋友圈，找到对口需求，开小窗私信对方，如："王阿姨，我看您最近总出去玩，拍照总是那一条丝巾，要不要试试我这里新进的货？"又如："小师妹，二胎宝宝睡得好不？天凉啦，我这儿有特好的睡袋，你如果买，我给你最低价啊！"

身为主妇，最了解主妇最深层的物质需求。如今，王婷有点儿坐拥家庭、放眼世界的感觉了。

她总对老公开玩笑，别担心失业，大不了回家开夫妻店。她在忙自己小事业的同时，常会情不自禁地想，如果不是老公的单位受到冲击，继而给她的家庭带来危机感，她怎么会结束宅生活？又怎会有声有色地开始现在的事业，和以前判若两人？

26.

当永动机遇见佛系生活

阿蔷像个永动机。

她在一家投资银行做证券分析员，每天对着电脑，浏览国际经济报道和各家上市公司的财务报表，一天只睡四五个小时，职位却低得连顶头上司的秘书都能对她呼来喝去。要不是看在一年四五十万元收入的份上，她早就不想干了。

阿蔷羡慕那些毕业后从事媒体工作的同学，不坐班；她羡慕一早嫁个好老公的女朋友，做全职太太，养得唇红齿白。

三年了，自从研二开始在这家银行实习，继而留下工作，阿蔷还不知道什么叫休息。

所以当她从经理办公室出来，得知被裁员时，表现得极为平静。她甚至安慰自己：反正生活不成问题，裁员就当放大假，现在形势不好，随便找个工作也没意思，就待在家里，过过渴望已久的宅生活吧。

宅生活，还是阿蔷读书时的生活状态。那时，她看电影能看得连续 72 个小时不出寝室门；在论坛混，不知不觉就过了一天，吃饭都请室友带。

可是阔别三年，过惯了白领忙忙碌碌的生活，阿蔷发现，突如其来的宅生活，却怎么都不对劲。

比如，她想享受一下每天睡到自然醒的生活，却还是按照原来的时间准时醒来。醒来的瞬间，她下意识地从床上弹起，直奔洗手间洗漱。但冷水拍到脸颊的刹那，就突然意识到根本不用去上班，那一刻，挫败、失落、无聊、无奈，五味杂陈。

一天又一天，阿蔷总是打开电脑，无聊地浏览网页，或是极仔细地做家务，用“扫雷”的态度对待家里的每一个卫生死角。

一天很快就过去了，而一天之中，阿蔷最盼望的就是男朋友回家。

她总是把堆积了一天的郁闷向他倾诉，或是将这些天来百思不得其解的问题抛给他：公司裁员，但有人留下来了，为什么让我走？要是我一直找不到工作怎么办？你会养我吗？要是你一直养我，会在某一天嫌弃我吗？

久而久之，男朋友除了安慰，就是找借口晚回家。

男朋友的妈妈和阿蔷的父母，很快在各自儿女的诉苦中得知了阿蔷失业的消息。

老人家们对待阿蔷的态度高度统一："钱够用吗？""赶紧找工作啊！""为什么当初不找份稳定的工作？""在家考公务员吧！"

阿蔷烦不胜烦，老人家的担心、关心，加重了她的心理负担。

她觉得自己实在不适合宅在家里，她必须重新工作，哪怕待遇不如从前。

阿蔷开始做简历、发邮件、积极准备应聘，找不找得到合适的工作，她并没有底，但她很清楚，当金融危机把渴望已久的宅生活送到她面前，她只觉得窒息，急切地想结束它。

突然改变的宅生活

一般而言，谁都不喜欢“意外”发生，不喜欢自己的生活“被动改变”。

毕竟，熟悉带来的安全感，有条不紊地按部就班，会让我们感到踏实安全，继而对未来抱有更加美好的期待和规划。而意外的生硬到访，常常会打乱原有的生活秩序，让人一时间手忙脚乱，甚至有些时候还不得不放下手头正在忙碌的事情，重新调整对生活的安排。

这有点儿像晴天午后突如其来的一场雨，总是害得无辜的路人狼狈不堪。尽管如此，像被淋雨这样的一件小事，对于绝大部分的健康人群来说，烦则烦，恼则恼，但至多，也就是赶紧回家洗个澡，换身衣服罢了；若是有人因此伤风感冒一病不起，那就只能说明——他的身体太差了！

生活的其他方面，大概也是如此。

关键不是意外是否会发生（其实意外是一定会发生的），而是一个人是否有足够的能量，应对大大小小各式意外的发生，能否把被意外打破的生活平衡，逐渐恢复到下一个更高水平的平衡状态之中。所以，从这个意义上讲，偶尔发生的一些小意外，对我们来说也可以是一件“好事情”，可以帮助我们检验一下自己的能力，是不是已经退化到对外界刺激毫无应对之力那么悲惨的地步。

具体到“宅”与“不宅”，以及“外界条件不让宅”的问题上，有句俏皮话放在这里很适合——“能干、能干，关键是‘能’，而不是是否一直在‘干’。”同理，“宅”或“不宅”，都没有天塌下来那么恐怖，只是意外发生“被宅”或“被工作”，才会让我们浑身上下不舒服。

生活状态被动地发生改变，会严重打击到我们自己的把控感。回想一下，饥荒年代人人都爱白面馒头，讨厌没完没了的红薯饭，可看看今天的红薯，却摇身一变成了健康饮食的代言词——因为我们不再必须吃它。

不是每一个家庭主妇（当然也包括家庭主夫）都会沦落到文中小D的状态。现实生活中，搞投资、玩公益、学知识、长能耐……利用宝贵的几年居家时光，把个人成长和家庭建设结合得有声有色的全职太太有很多。生活是一件艺术品，过好日子，很多时候比完成工作业绩还不容易。

其中的关键，还是要看当事人每天早上几点起床，以及起了床之后，又把接下来的每个小时都用在什么事情上。

“当你感觉过得特别舒服的时候，你就危险了。”这是职场上很流行的一句话，放在生活之中也同样适用——太过舒服的生活，常常意味着生活内容的苍白和单调，而过于苍白单调的生活内容，反过来，又无法给我们带来较为深刻的内心满足，比如，个人自信心的积累和价值感的确认。

一个整天无所事事、只会享乐的人，必然是连他自己都无法相信自己，可以去挑战其他相对更有难度的事情。于是，越是没有价值感,就越需要从外界获得确认。为什么那些整日里追着老公问“我天天为你们洗衣做饭容易吗”的家庭主妇特别招人烦？就是因为她们总是需要别人“给予”价值感。若是把这些唠叨的工夫省下来，就算不去赚钱，做些有助于提高自我价值感的事情，整个人的状态也会好很多。

除此之外，阿蕾的故事也很有意思。那些天天喊着要放假、要休息的人们，果真放假以后也未必能够享受几日清闲。这也说明，绝大多数的“改变”还是不要发生的好，哪怕是我们万分渴望的事情。绝大多数人其实都在内心抗拒着生活的突变，反而更喜欢一边抱怨着现有的生活，一边努力让生活维持原样。

做时间的主人，的确是一件很需要花心力的事情。日复一日忙碌的工作，常常是“消磨时间”的最佳途径。日常事务性的繁忙，可以让我们不必思考太多贴近人性的复杂问题，比如，我还有什么人生梦想？还有多少遗憾一直没去尝试？若是意外得空儿，认真考虑一下其实也是不错的。免得将来等到退休的时候,就算想明白了，也着实有点儿晚。

第六章

如何开始你的三十岁

到了三十岁，内心的判断标准日渐清晰，于是拥有更大的信心去做自己真正想要去做的事情了。

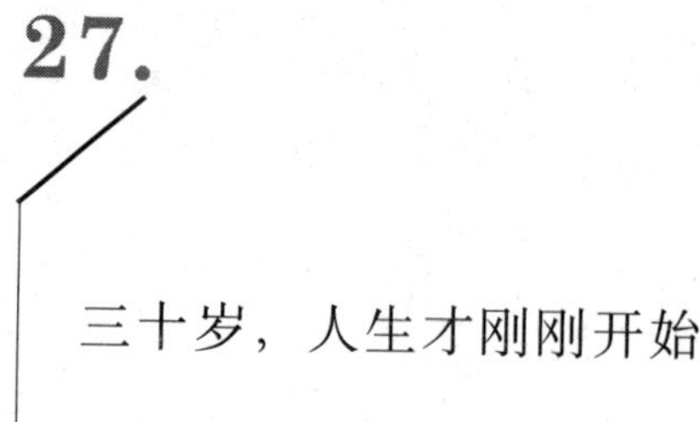

27. 三十岁，人生才刚刚开始

口述人 _ 谢金龙

虽说离而立之年还有几个月，可想想我的近况，不由得有点儿慨叹——一事无成身渐老。

时间太经不起花了。读书、毕业，再读书、再毕业，等我戴上博士帽时，已经二十七岁了。在北京工作不好找，研究单位或高校，人才济济、人满为患，我根本无法跻身。这时，去一个大型国企做文秘便成为我最好的选择。

我的专业是考古学，然而我的工作内容却和它并不相关。

做会议记录、写会议纪要、给领导写发言稿、定期做单位的简报、根据上级主管部门的需要写汇报材料，这就是我日常工作的重头戏。多年来学习培养我的专业知识和思考能力，完全派不上用场。每一天面对那些枯燥的文字、官样文章、大同小异的套话，无趣，又没有什么技术含量，我觉得我年轻的生命在白白地浪费，我的激情快要枯竭了。

而领导动不动就把我当小学生一样训斥，让我时常萌生“斯文扫地”“毫无尊严”的想法。

迎合领导的心理，按他的每一步要求去做是我工作的主旨。当我又一次在饭局中为领导挡酒挡到吐时，我扶着洗手间洗手池的边缘看镜中的自己，扪心自问：“这就是你想要的生活吗？”

我要改变现状。

我想跳槽，几次反复思考，我想转行，虽然我快到三十岁了。

快到三十岁，可我还有理想。

虽然我学的是考古，做的是秘书，但我热爱音乐，每天写点儿什么，唱点儿什么，我才能快乐。

早在学生时代，我就组建过自己的乐队，乐队中的一个伙伴，现在已经是当地民谣界数一数二的代表人物了。

做秘书这两年，千万字从我的笔尖流过。日复一日，我不知道改过多少发言稿。每当此时，我总会感叹这是我和创作最近又最远的距离，我什么时候才能继续写歌，继续唱歌？

于是，我去找和音乐相关的工作。

去音乐公司？那就要从头做起，之前的经历、之前的学历，都一笔抹掉，而且没有年龄的优势。

去参加好声音、好歌曲的节目？我又没有信心。

那么退一步，我想去网络音乐平台工作，这起码能让我写点儿什么，做点儿有创造性的事情，可是想到家庭，想到家人是否能同意，我在招聘启事前望而却步。

我感到苦恼，如果继续窝在国企，的确稳定，起码不用为生计发愁。不过，既然我有过认真的思考，就不甘心浑浑噩噩。我仍有理想，就不希望放弃。更何况，日子一天天过去，岁数一年比一年大，如果我三十岁之前都不能改变的事，还能寄希望于三十岁后吗？

有时，喝多了，我还会唱歌，会打开电脑，听很久以前录的小样，还是会觉得好听。

本科毕业就工作的同学，成家立业，买房买车，人生已经到了稳定的阶段；而我一切都才开始，甚至才开始就发现自己已经老了。

三十而立，我却在三十岁的边上考虑换不换工作，转不转行。我有些犹豫，又有些忐忑。

28.

三十岁，我该往哪儿走

口述人 _ 刘果

上一个月，我三十岁。

老婆问我，三十而立，你有什么感想？

我说，我困惑。

她不相信。她说，对于一个三十岁的男人来说，你身体健康、家庭美满、事业顺利，我也不指着你发大财，你有什么可困惑的？

我懒得跟她说。是的，若人生是艘大船，前三十年我确实风平浪静——前年买的房，去年结的婚，在一个还不错的公司做设计师，我有什么可困惑的？

问题的关键在于年龄。

对于一个三十岁的设计师，从业五年，这行的明规则、暗规则，我了如指掌。业务上我驾轻就熟，难题我也知道怎么处理。虽然遇到一个好项目，我仍会兴奋地手抖，但是，五年了，大多数时候，那些大同小异的设计，多少让我厌烦。

而且，在中国，设计这个职业，并不像那些发达国家的同行。在那里，作为一个对专业性要求极高的职业，不受年龄的限制，甚至年纪越大、阅历越多、水平越高，你在行业内就越能得到肯定，越能受人尊重。

而在中国，这份职业更多的是年轻人做的事。因为需要体力，需要永远做乙方的卑微、忍耐，不厌其烦地接受对方的修改意见。

大多数甲方并不在意你的设计方案写得好不好，你的创意是不是精彩，他们只在意你获过的奖，你是否听他们的话。

所以，我面临的是一个职业转型期——当我已经在这条路上走得有模有样时，我还能往哪儿走？若继续走，前方还会有上升空间吗？

继续做设计，我还能做几年？今年都三十岁了，年纪渐渐大了，我怕无休止的加班，精力跟不上，起码是跑不过刚毕业、二十岁出头的年轻人。

不做设计，我能做什么？做老板，管设计师吗？那就意味着收入会产生动荡，风险会增加。

我是个有家有室的男人，我每个月有几千块钱的房贷要还，父母、岳父母年纪大了，我从现在就要预备赡养他们的费用。未来一两年我们准备要孩子，生孩子是一笔钱，养孩子又是一笔钱，经济问题我不得不考虑。

当然，有的人不做设计师，从乙方变成甲方，成为甲方审核设计师任务是否完成、完成得是否合乎标准的人，但这样的机会总是有限，我不知道自己能不能碰得上。

长期以来，我热爱设计师这份职业，一个重要的原因就是，它相对来说有独立性，绝大多数时候，我可以凭着自己的兴趣工作，但年纪越大、入行越久，我反而发现这份职业所带来的独立性和我的兴趣越来越少了。

如果年轻几岁，如果没有家室，面对职业的转型或困惑，我可能跺跺脚就走；但现在，一个三十岁的男人，换工作或谈到未来的发展，我不得不考虑机会成本，那些我要付出的代价，以及所需承担的风险。

身旁年龄相仿的朋友，各有各的烦恼，单身的愁结婚，结婚的愁家庭，没事业的愁方向，我是不是太不知足了？

29.

临近三十岁，我依然单身

口述人 _ 赵三三

十年前，躺在大学寝室的木板床上，我和室友们卧谈，主题是：要找个什么样的老公。

那时，寝室里一共六个人，三个有男朋友，三个没有。然而，有男朋友的，觉得未必长久，还可能换人，不免有些别的想象；没男朋友的，则充满憧憬。我属于后者，当时说得兴起，干脆从床上坐起来，指手画脚："他必须勇敢、爱护妇孺、有情有义、篮球打得好……"

十年后，我还经常想起那场卧谈。那晚，每个人甚至规划了今后的老公是做什么工作的，但后来似乎谁嫁的都和规划的都不太一致，除了我——我还没有嫁，至今为止甚至没谈过真正意义上的恋爱。

我觉得委屈——青葱岁月全部用来学习，老师防早恋像防贼。父母呢，大学毕业前坚决不许谈恋爱，大学毕业后，恨不得我马上就能结婚，天下哪有那么容易的事啊！

出手太晚，错过恋爱的最好时机，这是我认为至今没有嫁掉的关键。

还有工作。

学建筑的我，大四有个实习机会，跟着学化妆，从此，我就爱上了化妆。如今，我每天出门就像出差，拉着拉杆箱，箱子里堆着各种化妆品、化妆用具，走在城市的各个角落，尤其是各种活动、婚庆场所。

因为工作，我能接触到的人，除了艺人就是新人——就算来电也没有用啊！所幸我周围的大姐大哥还算热心，他们介绍来的各路对象，这些年把我有限的假日排得满满的。

马不停蹄的相亲，马不停蹄的失望。

我已经习惯，走向饭店的一角，对那个桌前等待的人说，我是某某；然后握手，然后落座，然后不一会儿，就和对方把自己的学历、工作、相貌、身高、收入、户口、房子和车等情况一一交代。

一开始是我挑别人，后来是我被别人挑。

有的见了面就不再联系；有的断断续续联系了，又无疾而终；还有若干，交往了几个月，说不出来哪个地方不合适，却也绝对没有什么特别合适的感觉，我不甘心就这么随随便便嫁了，最终还是断了联系。

转眼就快三十岁了。今年以来，我报年龄时都说“我二十九岁零一个月”。尽管临近三十岁的每一寸光阴我几乎精打细算地过着，却也无法推迟三十岁的到来。在这座小城里，我算是名副其实的“老姑娘”了。

父母每天在我耳边唠叨，亲戚们开始是劝我找男朋友、结婚，后来渐渐不提——我想他们是怕刺激我；同学们一个个成了家，聚会的理由也从婚宴变成了满月酒。有时候，朋友们找我帮忙化妆，会说：“我结婚照是你化的妆，现在拍孕期照，你也来帮我化吧。”看着她们的幸福样儿，说实话，我挺自卑的。哎，他们都是有自己小家的人了，可是我的爱情呢？什么时候才能到来？

30.

三十岁，我是一条首尾分离的鱼

口述人 _ 刘夙夙

作为一个三十岁的女人，无论从哪方面来说，我都达到了幸福的刻度。

论学历，我研究生毕业。

论工作，我所拥有的国家级影视制作单位的正式编制万金难求；从业四年，我的职位从电视节目编导升为制片人；上司器重我，同事尊重我，我的团队信任我。

论家庭，我也不输给任何人。老公王磊是公务员，收入稳定、风度翩翩。我们恋爱、结婚，一气呵成，其间几乎没有遇到任何波折，至今感情良好。

按理说，像我这样家庭稳定、事业顺利的女人，在三十岁到来时，应该长吁一口气，向生命感恩。可随着三十岁的到来，我常感到力不从心，我总是想起曾经看过的一篇文章《一条鱼能做几道菜》——鱼头、鱼尾、鱼背都分割开，最后能拼出一桌席。

我就是那条鱼，工作、家、上司、同事、亲人将我首尾分离。我把自己付出，做成一桌体面的席，满足了他们的胃口，还要被他们挑肥拣瘦——这是我三十岁来临时，最深切的感受。

首先是我的工作，我每天一睁眼想到的就是它。

每隔一段时间我要冥思苦想，从深度和新鲜度出发寻找、确定选题；我联络摄影和编导、联系采访人、安排采访；如果出差，食宿、交通由我统筹；拍摄完毕，后期制作，我全程跟踪。上司的要求我不能不听，上级主管部门的条条框框我不能不遵守，市场导向一定要遵循，我的工作既需要脑力，也需要体力和精力。

二十岁出头的时候不觉得，随着年纪一天天大，常常加班和出差，又要负责小团队的一切事务，我近年来确实有身心都在透支的感觉。我常忍不住想，过了三十岁，我还能坚持几年？

我的家庭呢？它也不能让我完全放心。

王磊是个大孩子，他是独生子，在溺爱中长大，脾气不好，依赖性强，动手能力差。

在单位，王磊是严谨、干练的政府工作人员，工作压力大，不容有半点儿闪失，这就导致了他常把堆积的负面情绪带回家，向身边最亲近的人发泄——以前是婆婆，婚后，变成了我。婚前，王磊没有做过家务，他既不会把家里弄干净，又忍受不了家里不干净。于是，家务由我一个人做，他什么都不做，却稍有不满就会发脾气。

家里所有的开销，我负责规划。水电费什么时候交，房贷哪天还，甚至还多少，王磊统统不知道。他把工资全部交给我，就自认为完成了任务，他随意随性地刷信用卡，虽然买的都是小东西，但积少成多，屡屡打乱我对家庭开支的规划。我跟他分析家庭的发展，他却告诉我，“不自由，毋宁死。”

我上班要为选题忙、拍摄忙，下班要为卫生忙、精打细算忙。我的时间被切割成两块：白天属于工作，风风火火几乎没有时间休息，无论何时脑子都不能停顿；晚上属于家庭，做家务、盘算家庭开支，还要做老公固定的听众。

一旦，两方面的时间发生了冲突，我的两方面的领导就会有意见。有一次，我加班到夜里十一点，刚打开门，王磊就把我推出去，嘴上还说："你还回来干什么，回去工作吧。"他看到老婆整日工作不顾家就不高兴，而我又气又累，拖着疲惫的身体在冬夜的大街上游荡了几个小时，突然想起来这一天还是我的生日。

还有一次，婆婆生病，王磊参加一个重要的会议，只能由我带婆婆去看病。我一边挂号，一边忙碌地应对工作电话。回单位后，上司批评我："刚才有急事找你，电话占线，人也看不见，怎么回事？"

我不知道家庭、工作把我切割开来的日子什么时候能结束，或许才刚刚开始。而三十岁的来临，让我不得不正式面对这样一个事实：三十而立，我们这代人已经成为社会的中坚力量。在单位，我们是骨干；在家庭，我们是顶梁柱。我要满足所有和我相关的人的要求，就只能牺牲自我，做一条首尾分离的鱼。

可是，这就是我希望得到的生活吗？

这就是我要继续的生活吗？

心理师点评

三十岁边上的恐慌

相对于二十岁的活力四射，三十岁带给我们的感受，或多或少会带有一点儿紧张和疲惫。毕竟，这是从充满未知的青年期，逐渐过渡到成熟稳健的成年期。到了三十岁，就是进入了一个个体对社会影响力最大，同时也是社会对个体要求最多、程度最高的阶段。在工作上，我们开始独立承担更多、更具体的责任和压力，并保持职场中的满意水平；在家庭生活中，我们开始组建家庭、生育子女，还要转而照顾父母和其他家庭成员。

因此，过了三十岁之后，很多人在为事业成果的不断累积感到欣慰的同时，又因为长期的奋力拼搏而感到“超负”的压迫感，有时会觉得自己不能一如既往地参与竞争，仿佛陷入一种缺乏创造力的停滞状态，感到精力枯竭、生活无趣。就好像文中被工作和生活拉扯得分身无术的刘夙夙一样，感到自己是一条“首尾分离的鱼”。

精神分析大师荣格是最先关注“中年”问题的心理学家，他提出：人的前半生的发展，更多地表现为适应外部社会，心理活动较多地指向外界、指向他人。人们通过学习文化知识、社会道德规范，掌握一定的技能，用以承担和履行社会赋予的各种责任。所以，在这个阶段，个体更多地考虑如何去把握世界，忙于与外界打交道。

换句话说，大部分社会成员在三十岁之前，都是按照一种既定的线性模式追求成功——升学、毕业、工作、升迁，同时还要结婚、生子，完成人生大事。这似乎是一种固定的、标准的发展规律，大部分人都按照这个公式去安排自己的生活，在不断努力的同时享受达成目标所带来的成就和快乐，而较少考虑自己为什么这样做。

然而，荣格也提出，如果这样一味地注意力外倾，就会造成心理内部的不平衡。因为除了外部世界,每个人都有自己的内心生活，都需要反思和内省。因此，当进入“三十岁的转折”之后，个体的心理发展方向会出现逆转，开始更多地关注自己的内部。这时，有一种心理现象十分常见——那些原本在青少年时期非常关心的人生意义和价值问题，例如“我是谁”“我为什么活着”“我的人生将走向何处”，又一次成为人们关注和思考的重点。

荣格的这一理念与人本主义领袖罗杰斯所倡导的“成为自己”异曲同工，都强调人们要从对现实存在的关注，转移到对具体的现实存在与自身内心的联结的关注。人类会不断地寻找意义，鸟则不会因为不知道“应该如何做一只鸟”而痛苦。那些个体认为与自身没有联结的人、事、物，无论按照社会标准看来多么重要，都不足以构筑他内心的完满。这就是为什么有些人在事业稳定、家庭美满的三十岁，反而空虚感倍增的原因。

那么，如何完成从“追求成功”到“追求意义”的人生转换？风险和成本的问题应该如何看待？其实，无意义感的出现，恰恰是自我察觉的大好时机。我们不妨花点儿心思稍做休整，在三十岁的关口，做一次对之前奋斗的小结，以及对未来生活的规划。

首先，跟自己的内心对话，澄清自己想要的人生到底是什么样子。有几个小游戏可以去尝试。比如“墓志铭”，想象一下，几十年后你离开了这个世界，你最希望自己的墓志铭上写的是什么？你希望人们会如何怀念你？再比如“死亡游戏”，假如三天后就是世界末日，想想你现在最想完成的事情是什么。

然后，探究自己的限制是什么——很多看似无从突破的现实限制，可能正是遮掩内心怯弱的好借口，因为变化本身就是一种不确定，而不确定就会让人恐惧。对于刘夙夙来说，是愿意把时间留给自己，还是更想让别人认为你是一个“好人”？

最后，关注优势，积极调适。二十岁充满热情，但也容易冲动、犯错误，三十岁虽然有诸多烦恼，但也被二十岁的毛头小子们羡慕不已。随着人生经验的累积和工作技能的稳定，三十岁的人越来越清楚自己的优势所在，知道自己做哪些事情更合适、效率更高。更重要的是，二十岁的时候，我们往往特别在乎别人的看法，经常会被各方面的意见搞得晕头转向。到了三十岁，内心的判断标准日渐清晰，于是拥有更大的信心去做自己真正想要去做的事情了。

第七章

如何与你的短板相处

在对谁心软、为谁热心的问题上，

别心软，勿伤神。

31.

给“热心”定个限度

琪琪从学校毕业不久，在单位一直谨小慎微，努力做个乖巧的新人。

以她过去的经验，快速融入一个全新的集体，最重要、最快捷的便是热情、热心、乐于助人。

于是，同事杨姐嘀咕一句洗面奶用完了，琪琪就热心地问是什么牌子。“啊，那牌子的专卖店，我家楼下就有，等着我明天上班帮你带”。

同事小王夸了一句琪琪烫的头发好看，琪琪便拉住小王的手说：“真的吗？你觉得好，我带你去。”这天下班以后，琪琪又主动把时间献给了小王——她陪着小王把头发做完。

琪琪的乐于助人在单位传为佳话，正如她所想，同事们谈到她，都交口称赞。夸她懂事，说她是个热心肠。

然而“好人”之名在外，琪琪越发不可收拾。平日里，无论是网上团购各种化妆品的私事，还是买文具、送材料或是去上级主管部门跑个腿之类的公事，抑或是业余时间同事们集体放松去 K 歌聚餐，找地方、订位这样的琐碎事，琪琪总是率先跳出来说："我去吧，我方便。"久而久之，一有事大家就不约而同把目光投向她，仿佛这些都是她分内之事。

琪琪有点儿累，虽然每次同事们都不忘表示对她的谢意。

作为新人，工作要比其他同事更努力、更有效率，而工作之外的事儿又让琪琪分走了许多精力。

很快，职称考试报名开始了。

琪琪所在的行业，每年职称考试的通过率不到 25%。为了好好备战，一起备考的几个同事报了辅导班，这件事从一开始就是琪琪一个人张罗。

比如，报名、从网上下载报名表、用网上银行交报名费、考试前去报名点确认、拿缴费发票，直至定时定点拿准考证，其他同事都是全权委托琪琪，他们还嘱咐琪琪拿好他们的相关证件。

上辅导班，琪琪的笔记是记得最全的，只因不是杨姐有事不能去，就是小梁因突然肚子疼而提前走了，事后，他们会问琪琪："把你的笔记借我用一下行吗？"后来有人干脆伸着懒腰，对办公室那头的琪琪提议："你把笔记复印了，给我们每人一份吧，谢谢啦！"琪琪顿了顿，做好人做习惯了，实在不好意思拒绝。

单位的复印机反应慢，从开机到正式运行有好几分钟时间。杨姐又叮嘱琪琪，记得要两面印，不要浪费纸，"还有别让领导看见了，要不他说咱们上班时间干私事。"琪琪站在复印机前呆呆的，她研究了半天如何两面复印，还是不得要领，急得满头是汗。这时，走廊上传来皮鞋哒哒哒的声音——是领导吗？琪琪一边竖起耳朵，一边赶紧收拾笔记和印废了的纸，等皮鞋声消失，她才松了口气。

“我这是何苦呢？”琪琪第一次这样问自己。

职称考试终于完了，帮同事查成绩的，还是琪琪。

紧接着是领证，自然还是琪琪全权代表。

问题出在发票上。

单位规定，拿到证书的员工，才能报销报名费和辅导班的费用，而这些费用的发票自从琪琪帮忙拿回来后，同事们就说“放在你那里吧，以后一起报销”。现在她把证书领回来了，发票也在她这儿，看来报销的事还得由她操持。

然而，琪琪在家找了一晚，别人的发票都在，就是没找到小方的发票。她实在想不出会放在什么地方，也想不通怎么单单少了这一张。

上班时，琪琪委婉地问了小方是不是当初把发票拿回去了，惹得小方极为不满。末了，人人都报销了，只有小方没有。大家安慰小方之余，却对琪琪说：“下回办事注意点儿，别再丢三落四了。”气得琪琪下班时最后一个走，并把钱如数塞进了小方的抽屉。

琪琪好好和自己谈了一次话，关于还要不要继续做好人。

琪琪回想起大学时代，她为处理寝室纠纷，劝分手的情侣和好，不知做了多少次好人；研究生时代，为想考她所在学校、专业的同学朋友，不知花多少时间印考题、打听招生政策；她又想到在新单位，从单纯的热心变成人们眼中的“志愿者”，甚至出了力不讨好的种种，她有些抑郁，又有些明白：从今往后，我要给我的热心定个限度，从那些本不需要我参与的事件里抽身，把时间和精力用于更有意义的事上。

几天前，单位组织献血，今年轮到杨姐。

杨姐老大不情愿，她扭着身子走到琪琪面前，苦着脸说：“琪琪，姐求你个事儿。”

没等她说完，琪琪就说：“要是献血的事儿，我可帮不上忙。”

32.

好大厨的烦恼

文怡一手好厨艺，加之与电视中美食节目的主持人同名，朋友们都喊她“好大厨”。“大厨”好理解，“好”呢？当然指的是她的性格，从没见过她生气，怒到极致也就是倾诉完，眼睛往下看，嘴中叹口气：“什么人啊！”

最近，文怡就这么叹气了，因为一个男孩——别误会，不是姐弟恋，是她的一个网友。

话说从头。

文怡刚毕业时，混过一个影迷圈。该圈集体哈韩，男的做韩剧男星打扮，女的呢，全部热爱这种打扮。

在圈子里，文怡堪称大姐大。这个活跃在南方某二线城市以论坛社交、网友聚会形式形成的圈子，是从文怡做私房菜招待大家才正式热起来的。

那段时间，每到周末，文怡就发帖：“想吃什么？速速报来！”

跟帖者来来去去，最后固定下来十几个人，他们自封“常委”，起初自己来，后来带着男女朋友来。“贤妻良母啊！”宴罢，他们总这么赞美文怡。

除了文怡，座中，只有一个小伙儿一直单身。

说是小伙儿，脸上还有绒毛呢！“羊羊”，大家都这么称呼他。姓杨的这个小伙儿总笑，符合他年龄的纯真的、怯怯的笑。

一日，不是周末，羊羊突然造访。

“文怡姐。”他又怯怯了。

羊羊才十八岁，又一个人在此地求学……平时饭桌上，文怡没少给他夹菜。

羊羊表示，他不想读书了。

由于长期打游戏旷课，他所在的成人高校已将他除名。

他没对家人说，现在带来的学费、生活费都已花完，被房东赶出来，偌大的城市他举目无亲：“想来想去，只有你，就像我的姐姐……”

文怡给他沏了杯热茶，问他未来有何打算。羊羊说，只对游戏有兴趣；再扩大点儿，对电脑有兴趣；再扩大点儿，对游戏周边产品的开发感兴趣；再扩大点儿……文怡一摆手：“你还这么小，必须上学，不能现在就工作。”“可我不想学家人给我安排的专业。”羊羊一脸别扭，他的自来卷一根根看起来很纠结。

文怡给羊羊铺着床，整理着行李，做着心理辅导工作。

在她劝说下，羊羊答应告知家人实情，但没想好怎么说。“这段时间，你就安心在我这儿，好好想，是回老家，还是学个技术或学门手艺。”

是夜，一声尖叫，划破天花板。

文怡的室友冲到客厅，头发上还挂着水珠。她上厕所又没关门，而羊羊推门进去。文怡赶紧上前解释原委，同居两年从未与文怡有过摩擦的室友此时发了飙，她以女生宿舍不能留宿男生为由，坚决要求羊羊立刻马上搬出去，文怡好说歹说才稳住她，百般赔不是，回到房间发现羊羊已躺在地上的席梦思垫上睡着，手里还抓着游戏机。“真是个孩子啊！”文怡给他盖上了毯子。

没承想，隔几天，又出事故。室友丢了钱包，她认为唯一嫌疑人就是羊羊。理由是，她把钱包放在客厅里，就去阳台浇花了，几分钟后再回头，钱包就不见了。

文怡审羊羊，羊羊矢口否认。文怡虽心里有些疑惑，但面儿上还力挺他。“我弟弟不懂事。”她沉吟道，“有什么损失，我替他偿还吧！”室友威胁道：“他不搬出去，我就搬出去。”文怡劝说无效，见室友恨恨收拾细软，干脆做了一桌子菜为她送别。

几日后，室友叫搬家公司来搬东西，文怡让羊羊帮忙。羊羊下楼时，室友叹口气，拉住文怡，真诚劝她赶紧摆脱这个捡来的弟弟，别当“烂好人”。

“可他这么信任我，我看到他就会想起自己十几岁一个人在外地求学，和寄宿的亲戚闹翻了，流落街头，吃了好几天街边大排档的剩菜……”文怡陷入往事，“如果当时，我能有一个可投靠的人……”

室友摇摇头，最后留下一句：“别忘了农夫和冻僵的蛇的故事，还有，看好你的钱包。”

室友没说错，文怡确实吃了亏。

且不说，自室友走后，两室一厅的房子就空了一间，羊羊干脆搬了进去，他打算考托福，并一再向文怡保证已和家人说好，过几天“就回老家复习”；但过几天又改了说辞，不日“就寄钱给我”。在此期间，文怡出房租、付水电，下班还回来给羊羊做饭。直至，羊羊留下一封信：“姐，这个城市不适合我，我走了。多谢你的照顾，你是个好人。取走了你书桌里的五千元，有钱的时候一定还你。羊羊。”

随之消失的，还有文怡的小首饰盒、唯一的奢侈品——前不久，文怡去香港，狠狠心，花三万多块钱买了卡地亚的手表。

文怡逢人就叹气：“什么人啊！”

私房菜聚会上，大家听完故事面面相觑，安慰她：“好大厨，就当多做了件好事吧！”

大家这才想起，“羊羊”是他的网名，只知道他姓杨，没人知道他究竟叫什么、来自哪里。

当助人为乐成为一种惯性

生活中总是有那么一部分“好人”不能让自己过上“好日子”。他们习惯，甚至可以说是迷恋帮助他人，总是要和那些不断制造麻烦的人生活在一起，不断地拯救对方于水深火热之中，哪怕把自己搞得筋疲力尽、人财两伤。所以，西方心理学界干脆就给这些大好人起了个名字——“拖累症”患者，也就是说“缺个人来拖累就难受”的意思。

而且，实事求是地讲，在全世界的拖累症人群之中，女性的人数出奇一致地远远高出男性。这大概也是古往今来东西方文化难得的一个共同之处：我们的社会总是在向女性传达一个苛责的声音，告诉她们应该以家庭为重，更要为自己所在的关系气氛负责，更应该把照顾他人（而不是追求个人成就）作为自身的重要价值来源。

再有，在那些整体氛围不是那么充满爱意的家庭中长大的小孩，由于从小习惯了忽视自己的需要，总是用乖巧、听话、替人分忧来换取大人们的拥抱和微笑；长大以后，也就常常会忘记其实天下没那么多脆弱的亲爹亲妈，还像往常一样时时热心处处卖乖，有时难免就会委屈自己。

当然，也不必太过紧张。所谓“拖累症”并不是一个确实的医学诊断标准，世界上也没有哪家医院会依此收治病人。但是类似的这种“恨不得被人拖累”的冲动，却时常发生在我们的日常生活之中。尤其是在我们感觉自己的价值感不高，渴望得到别人更多的喜爱的情况下。刚谈恋爱的小伙子差不多都是这副贱兮兮的模样，恨不得人家姑娘明天就感冒发烧需要陪着去医院，不是吗？

至于故事里那两个可爱的姑娘，最后能够感到委屈难受，某种程度上说也是一件好事情。会难受、会反思，才会认真思考自己是不是需要做出改变。毕竟，现实生活中他人怎样对待我们，包括随便欺负、占个便宜什么的，绝大多数时候，都是被我们盛情邀请过来的（只是很多时候我们自己不知道）。

我们的时间和精力都有限，如果你总想做个人见人爱的大好人，最直接的代价可能就是你没办法去做其他更有价值的事情。

33.

微信群：幸福变了味

小孙所在的班级，自上学起就竞争激烈。

毕业后，虽然专业都是信息工程，但大家从事的职业却各有不同。

这几年，班里建了微信群，隔三岔五，总有人发布一些个人信息，配着图，再说几句话。发消息的人满足了表达欲，看的人满足了窥私欲。

小孙有时觉得，自己就是在同学们的刺激下，生活和工作不断迈上新台阶的。刚毕业时，在群里，留学的同学一面晒着自己站在加州阳光下灿烂的笑，一面抱怨洋人的东西不好吃；工作的同学一面骂老板，说这点儿工资够干什么的啊，一面又经常故作姿态，惊呼："单位是不是不过了，年底除了年终奖还发了三千块钱购物券！"

久而久之，微信群就成了小孙的同学们晒幸福的舞台。

同学们在差不多同一时期晒着就业、跳槽、结婚、生子等人生阶段，晒的东西紧跟时代潮流，也紧跟生活变化。

比如，一度，同学 K 晒出自己的另一半——他的女朋友。K 在大学一直没谈恋爱，相关经验仅限于追求过几个同班女生，还都未遂。他的原话是："毕业一年多了，工作稳定后，不得不考虑个人问题，这不，我妈要我新年一定要带女朋友回家，我只好带着她露面了……"接下来，是五六张 K 搂着女朋友甜蜜无比的照片，K 在群里还煽动其他同学："找到真命天子的都发出来吧！"不知是他的煽动真管用，还是甜蜜中的人都想表达，一时间，微信群中呈花好月圆之势，双双对对、恩恩爱爱，仿佛某婚介所的成果展览。

恋爱中的幸福想广为人知可以理解，可之后没多久，小孙再次被群消息狂轰滥炸：随着同学们恋爱进程的推进，另一半晒完，又开始晒婚纱照了。

小孙翻看着群中的照片，看得眼花缭乱。眼花的是同学们上妆后的脸都惊人的相似，不看发布人，小孙竟然认不出谁是谁；缭乱的是看了近百张婚纱照后，她突然意识到原来婚纱、造型和主题有这么多种，价钱这么贵。同学们发照片的同时，或相互打听，或自动坦白，都承认了所拍婚纱照的不菲价码。最后，连隔壁班的同学都听说了这场婚纱秀，也在各自的群中发各自的婚纱照。可在小孙看来，班级的微信群此时像是各大影楼的对决赛，更像欲盖弥彰的攀比战。

之后，小孙班级的微信群中还展示了宝宝照、跳槽照、升职照、升学照、旅游照等主题：升职的同学大多坐在宽大的办公桌后，手指点在笔记本的键盘上，脸却对着镜头；升学的同学必定要站在某某大学的校门口或标志性建筑物前摄影留念。小孙有些羡慕同学们的好生活、好心态，又有些想不通：同学们发照片、说喜讯的时候，究竟是分享幸福的因素多呢，还是炫耀的成分多呢？

直到，她又看到 K 最近频频在微信群中发言。

K 先是买了套新房，在此之前，他曾就装修的细节，在群中详细地征求过同学们的意见，并作为成果汇报，他把装修完毕的房子分远景、近景、特写，分别拍照发到了群中，引发了一时间的热门主题——装修照。

没过多久，K 又买了辆新车。他对新车是这样介绍的：“毕业好几年了，房子大概大家都有了，也该买辆车了，最近我就买了一辆，××× 牌子的，功能不错，价钱也不贵，可以考虑考虑。”正如当年 K 贴女朋友的照片一样，这一次，K 也从不同角度展现了他的爱车，甚至有他握着方向盘，脑袋从车窗里伸出来的特写。K 还说了和过去差不多的话：“有车的同学也都来发发自己的座驾吧！”

小孙拿着手机，她看着 K 握着方向盘从车窗里伸出脑袋的照片，实在无法和几年前大学里看到女生就不知是兴奋还是惶恐得脸发红、却起码有点儿纯真的他联系到一起。小孙继而翻着群里这些日子的留言，看到江山一片红的留言和恭维，前所未有地觉得可笑和无聊。

她从网上扒了一张别人的山地车的照片，发到了群里，还说了句："晒晒我的车。"

这是小孙第一次在班级微信群里发图，恐怕也是最后一次，因为发完，她就退出了群。

34.

好心募捐却被视为骗局

五年前，小杨从大学毕业。

在学校的小树林里，吃散伙饭归来的同学们带着微醺，或促膝长谈，或抱头痛哭。有人激动地大喊："青春万岁！"有人提议，建个微信群吧——虽然大家各奔西东，却感觉仍在一起。

五年了，当初说再见的人大多再也没见。

刚毕业那会儿，小杨天天刷着群，看同学们的喜怒哀乐，报告自己生活的细枝末节。

"明天是我第一次上台演讲，好紧张。"

"我负责的项目获了团体一等奖，真高兴。"

"今天老张、胡子来我们单位交流，我们聚了聚，恍惚间回到大学时代。"

诸如此类的消息在微信群中比比皆是。

尤其小杨的同学几乎都成了同行，区别是有的是甲方，有的是乙方。

于是沟通心得、吐槽领导和客户、互相嘲讽，一度成为她所在微信群中的一道风景。

甚至于，小杨的同学中有位笔耕不辍的，为此还赋诗一首，诗名就叫《咏班级群》:“你吐一个泡，我吐一个泡，我们的群连成一座桥……”

一晃几年过去了，大学时代渐行渐远，每个人都有了自己的生活圈。

同学间的联系越来越少，即便住在同一个城市，也只是偶尔一起开会，就算见面了，过年群发条短信就算保持联络了。小杨也从过去每天都去群里看信息，到每月去瞧一眼，甚至更久——反正留言就那么多，好长时间都没人发言。后来，小杨才发现很多同学和她一样，一发红包就热热闹闹，其他时候则冷冷清清。

这星期，小杨的朋友 W 家里遇到困难，他的妈妈得了白血病。

眼看着 W 精神状态越来越差，小杨一面安慰鼓励 W，一面发动身边人为他捐款。为更广泛地募捐，小杨把具体事由、用于募捐的账号等信息写成文字，发在自己所在的所有群，包括大学班级的微信群，又发动群里的人发到各自所在的其他群。

“信息是真的！是我的朋友！救救他吧！”

小杨情真意切地写道。

随后，小杨一天都在等群里有人回复她。然而，她一直没得到回应。

快下班时，小杨在办公室接到电话。

是好久没有联络的同学Z。寒暄几句后，Z就问起了募捐的事。小杨以为他要捐款，谁知他问清楚果真有其事后，就声称自己突然有事，挂了电话。

Z的电话一直没有再打来，小杨费解，直到她抽空看了下群。

群里有新的留言。

先是几篇文章的链接，接下来是同学M语重心长的告诫。他说有可能是小杨的手机中毒了或是被偷了，告诫同学们不要上当，如果可能，可以和小杨的公司联系，找到小杨本人，确认募捐消息无误。

小杨觉得莫名其妙，逐一点开链接，才发现是“有人在微信群中设骗局，以熟人的名义召集募捐敛财”之类的新闻，说的是在有些学校、班级的群里，骗子盗用了同学或老师的账号，以他们的名义募捐，其实是个骗局。小杨这才明白，同学们一定认为她的账号也被盗了，甚至以为发这条募捐信息的人本身就是骗子。

小杨哭笑不得，她发的募捐信息和同学发的警惕诈骗的留言在群里相映成趣，看起来像出滑稽剧。

不过小杨更多的是伤感，刚毕业时掏心掏肺，动不动就在群里抒情、叙述、议论，间或夹叙夹议的同学们哪儿去了？“你吐一个泡，我吐一个泡”，把群当作一座桥的欣欣向荣彻底不见了。是这种联络方式已经不足以让人相信，还是同学们已淡出了彼此的生活，便失去了信任？

心理师点评

幸福变了味

几乎每一个步入社会的新人，都会眷恋曾经的校园生活。

QQ群、微信群，以及它所代表的大学时代的纯真友谊，就像初上幼儿园的小朋友怀中紧抱的那只泰迪熊，为我们在刚刚离开校园的一段时间里，分享彼此的快乐忧伤提供便利；方便我们在初入社会的茫然中，互相给予支持、安慰。

尽管如此，我们不得不承认，一份友谊的维系，除了需要彼此共同的志向、兴趣和梦想之外，更为基本的，是必不可少的相似的经历。

而毕业以后的同学们，每个人都在自己的生活圈子里扩展、积累，大学同学之间原本十分常见的共同之处，自然而然地会慢慢变得越来越少。不是我们寡情，这一切皆属自然。

至于在网络空间"晒幸福"，也不一定就是彼此竞争那么简单。如果我们愿意，也可以把这种行为看作是大家不约而同地努力寻找彼此之间的"一致性"。这说明我们总是愿意去发掘老同学之间的共同之处。

至于这其中是不是有竞争的味道，可能更多还是由"围观者"自身的心态所决定的。而且，就算有竞争，也不是什么值得大惊小怪的事情。

很多时候，我们看着各种群中不断冒出的“比我们混得好”的同学时心里难受，表面上是竞争不过的失落，本质上是对人生难以完美的遗憾。我们经常会感慨当初一同毕业的同学之中，有人比我们挣钱多，有人比我们职位光鲜，有人比我们婚姻美满……但是所有这些，并不是统统发生在同一个人身上的。这里的“有人”，并不是一个活生生的人，它就是个梦。

再说了，竞争中就不可以有温情吗？就一定不会有眷恋吗？成年人和小孩子之间最大的不同，就是有一颗成熟的心灵，不会再随便把这世间的事物简单对立。文章中后一篇主人公的不舒服，很大一部分原因，是她把大家通常意义上的“防人之心”，直接理解为百分百的冷漠拒绝。不如自己先出来澄清一下,告诉大家确有其事。这之后要是还没人帮忙，再去黯然神伤，着实也不算迟啊！

35.

想说再见不容易

林郎被公认有天分。

非广告科班出身，却一上手就显出不凡。

说来话长。

林郎学的是电子，做的是销售，几年前偶然参加了一场为某名酒征集广告词的大赛。

大赛借助微博在网上闹得轰轰烈烈，滚动播出的参赛广告词如选秀比赛的选手，经评委及网友们苛刻的评选、投票下，历时整一个月。林郎最后胜出，获得大奖十万元，而他拟的广告词不过十几个字。

这真是个赚钱的好行当。

当然，不仅为了钱，为那种万众瞩目，更是因你的一线灵光马上就能得到传播的成就感。

林郎干脆辞职，加入了举办那次大赛的A广告公司，一切都那么新鲜，所以连加班甚至彻夜不眠都不觉得累。很快，林郎做了一个小团队的头儿。

他才二十五岁。

广告挖掘了林郎的所有潜力，用上他所有的知识储备。林郎庆幸自己因什么书都读而构建的庞杂知识体系，更庆幸从小被父母逼着学过几年画，有美术功底和良好的审美水平，从而弥补了非科班的不足。

不过，刚做领导时可并不顺风顺水。

林郎拿出更多干劲，以期达到以身作则的目的。好几次路过他的工位时，领导张总都拍着他的肩膀说："小林啊，好好干！"有时，在茶水间遇到，张总还会主动给他递烟，这种在众人中单对他表示欣赏、重视的举动，让林郎受宠若惊，又难免有些沾沾自喜。

没想到，就是张总给了林郎最初的职场挫折。

林郎的团队出现了"剽窃"。

那是林郎手下的一个小姑娘，姓沈，入行一年，很有灵气，又肯学，当她主动要求独立操作一个单子时，林郎批准了。

沈的方案让客户很满意，很快，沈就在广告牌上读到自己的创意，但竞争对手B公司也读到了这创意。他们称沈曾在本单位实习过，其方案直接剽窃了她曾经的实习老师。他们将A公司告上法庭，张总大发雷霆，林郎成为直接责任人，被派去出庭、善后。

事情虽最终调解成功——说“剽窃”太过，顶多是“借鉴”。林郎在那儿心平气和、三刀两斧就解决了问题，但对张总埋下了不满的种子——出了事，不问清原委，先把人叫过去发一通脾气的做法，让人寒心，更让林郎在同事面前丢了面子。

还好，林郎很快就用自己的实力挽回了面子。

他得了一个业内大奖，是那种听到脸都会发烧的荣誉。

那天，他在办公室，接到组委会电话，举着话筒的手都有些抖了。“真的？哦，真的？”他像第一次向梦中情人表白并得到接受的男孩，一遍遍确定，在确定中露怯，“谢谢！谢谢！我一定去！”

他直起身，向团队宣布好消息。这时，张总也从办公室出来，给他一个熊抱：“恭喜，恭喜！这是公司创办十年来的最高荣誉！请客，请客！”

当晚，开了香槟，张总出面，公司请客，请林郎及他的团队。

气泡冲到林郎的脸上，他竟没顾上擦，因为张总正对他说：“一场大赛把你从人海中捞来，像你这样的人才，值得公司费时费力费钱继续办大赛！”

然后，组委会就没了声音。

时间长了，林郎简直怀疑那通电话是不是幻觉，直至获奖名单在网上正式公布，A 公司的获奖作品印在奖杯上被张总带回，他才知道这一切都是真的。

不知道怎么运作的，总之张总专程飞去南方，走了红地毯。

捧奖杯的笑脸被拍下来，冲印后放大装在相框里，列在公司最醒目处。张总的发言被做成视频，公司的 PPT 简介中从此多了这一节。

林郎气得出去喝闷酒。

啤酒“突突突”从瓶子滚进杯里，气泡溢出来，流在桌上，淌在地上，他也不觉——真恨不得把包里的获奖证书撕了。

诚然，张总不算占了林郎的功，获奖证书两份，奖杯两个，作品和获奖人各一。但张总招呼都不打就直奔颁奖典礼，本该属于林郎发言的机会，换成张总上了台，并说什么“代领”，这也太过分了吧！这可是林郎盼了好久的职业生涯的巅峰时刻，获奖词说什么，他都准备好了。

小沈“剽窃”的事，也浮在眼前。

被大骂、被熊抱、被哄、被骗、被塞了黄连还要装哑巴……

“出了事，就推我上前；有了好儿，就自己冲上去……”林郎喝着酒骂着。

林郎提交了辞职申请，邮件中只字未提原因，只说想去国外深造。张总在出差，回了一个字：“知。”

“怎么辞个职像离婚？明明是负气出走，但决定了，办手续时还是会伤心？”这句话从林郎心中蹦出。

确实像离婚，像面对即将分手的爱人，你曾一心一意想离开她，真的离开了，心里又蓦然想起她的好。林郎站在公司门口，抱着装着自己所有东西的纸盒，使劲地把眼睛里潮湿的东西往回憋。

这天晚上，林郎一个人在家喝闷酒。一抬头，电视里播出他曾参与的跑车广告。

他回忆着张总，也回忆着刚进A公司时发过的宏愿：做一个合格的广告人、优秀的广告人、成功的广告人。这宏愿至今在他胸口，未来，一段时间内，他还将坚持。

这宏愿是张总给他的，是A公司给他的。

想到这儿，林郎反倒释然了。

他理清了对张总、对A公司的复杂情绪，就像对前任——

没有张总，没有A公司，就没有今日的林郎，就像一对夫妻互相扶持走过的路，怀念、庆幸、感激。然而，再在一起也不可能了，再难说的再见，在心中，也到了要说出口的时刻。

祝各自安好。

36. 就像结束一场家暴婚姻

“辞个职就像离婚，不对，比离婚还费劲！”王小敏嘟嘟囔囔，在办公室里转圈。

话说王小敏辞职，纯因对上司不满。她觉得就算收入少点儿，也好过在李总手下讨生活——李总脾气太暴躁，动不动就拍桌子、吹胡子。王小敏一辈子最大声说话还是在小学，那时她当班长，拿着粉笔擦在黑板上敲了两下：“安静，安静！”

李总还爱指着人鼻子骂，比如，他总是对着王小敏嚷嚷：“你是死人啊，动作这么慢？”虽然事后，李总也不见得会给王小敏小鞋穿，但长此以往给王小敏带来了巨大的心理伤害。

王小敏决定辞职，但辞职的脚步却步履艰难。且不说辞职报告是同事玲帮她写的，也不说每次准备去辞职时，她都先预演一遍，即碰到李总该怎么说。单说她出门前的“助跑”吧——她一步步走向办公室大门，再转头，决绝般对玲说：“我这就去了啊，真去了啊。”再拉开门，冲出去，不久又折回来……如此这般重复了三四次。

据她所说，第一次，她走到李总办公室门口突然怯场，想好的话一句也想不起来，踯躅间，打南边来了财务科长，打北边又来了人力资源部的小张，两人怀里都抱着一堆文件，看来都是去汇报工作的，王小敏怕当着人面挨骂太丢人，就一缩头，哧溜一下回来了。

至于第二次、第三次，均是李总不在，王小敏松了口气，又泄了气：躲得了一时，躲不了一世。终于，第四次，她堵住了李总："我想换个工作。"李总的眉毛挑了下，事后玲分析，王小敏的话可能引起了李总别的想法——调个别的部门，或别的岗位。可王小敏往前一送的辞职报告瓦解了李总的七想八想，王小敏背书般陈告别辞，做好耳朵边放二踢脚的准备，没想到李总因一时没反应过来，只淡淡说："好了，我知道了，你去吧。"

王小敏得意地飞奔回办公室，玲见她的第一句话就是："李总没摔东西吧？没骂你吧？"

王小敏如释重负，但一句粗话都没遭遇，又让她有些失落。要知道前同事刘杰辞职时，李总当场砸过去一个文件夹，刘杰走后，每每开会李总提及他便没好气。王小敏又想起那个"辞职就像离婚"的理论了，她喃喃道："我就像一个担心一旦提离婚，丈夫就会追杀的女人，突然和平结束婚姻，恍然一梦，天哪！我也没那么重要！"玲听了哈哈大笑。

这失落、惊愕及总担心第二只靴子掉下来的情绪终于停止了。王小敏办理完交接，收拾东西时，李总派俩人看着她，来者还复读机般背诵李总撂下的数句狠话：“什么都别想给我带走，哪怕一支笔！一张纸！”这让王小敏想起杜十娘离开时，老鸨说的话：“事已如此，料留你不住了。只是你要去时，即今就去。平时穿戴衣饰之类，毫厘休想！”

无论如何，王小敏心里踏实了，这才像李总嘛，这才像她誓死要离开的 × 公司嘛。她吹着口哨，恶作剧般在交接单上，写下：“14 支笔，5 支红笔，8 支黑笔，1 支没水。”王小敏和众人握手告别，正准备走，突然听到李总在走廊咆哮的声音，她对玲说：“等会儿我再走吧，我这辈子都不想再看见他。”她的神色还真像经历过家暴的女人，提起前夫仍心有余悸。

辞职和分离

关于分离焦虑，心理学家已经做过很多的实验，所有的这些相关实验，从理论上讲都直接建立在“分离——悲伤”的前提之上，好像这就是一个天经地义的现象，不需要我们再去过多地考量。

直到后来，法国的拉康派精神分析人士，倒是对这种普遍存在的“分离之痛”做出了这样的解释：从象征的层面讲，现实中经历与他人的分离，意味着我们同时要告别寄托在他人身上的“那一部分”自己。比如，伴随着亲人的死亡，我们投射在他们眼中的“那一部分”自己也就跟着死亡了，所以我们才会伤痛欲绝。

这是一个十分诗意的表达，也许我们从自恋的角度去理解会相对容易一点儿——我们都希望在这个世界留下一些专属自己的独特痕迹，作为我们“存在过”的直接证据。而离别，结束一段关系，常常会让人联想到“消失”，联想到也许自己在对方的世界（尤其是精神世界）之中，似乎从来没有存在过。

所以我们通常喜欢在离别的时刻，准备一些精美的纪念品，送给自己特别在乎的朋友，试图用它们来“替代”自己，继续“存在”在对方的身边。这种“替代的存在”，在很大程度上，可以缓解我们在分别时刻所经历的那种难言的痛苦。

具体说说故事里的王小敏，与她相似的心理现象——怎么越是感觉不舒服的环境，反而越是让我们离不开，难以割舍？就像故事中的比喻：一个经历过家暴的可怜妇人，离开的冲动时时在脑中浮现，要落实到具体的行动上却屡屡退缩。

生活中还有一个类似的现象更为常见：家庭之中，常常是小时候最少得到父母关爱的那个小孩，成年以后反而留在父母身边照顾终老的概率最大。也许，从某种内在的心理动机上讲，我们常常会在那些给自己留下伤痛的对象身上，寄托更多、更为隐秘的内心渴望——渴望某天对方突然悔悟，诚挚地对自己说声抱歉，哭着请求我们原谅他……

就好像那个一直不被父母看好的小可怜，总是希望通过自己的努力，最终可以换来妈妈哽咽地说一句："好孩子，对不起，是我们错了，你才是最应该疼爱的孩子！"

像节约成本一样节约感情

我和我的几个前同事一直保持来往。

我们同在的前单位对大家而言都不是什么好的经历，但回首往昔，作为战友的一幕幕浮现在眼前，或鼓励，或叹息，都让我们感到快乐。

更何况，还有近况可报告，相熟的人有哪些新八卦需要互相“传谣”，更重要的是，他们都是妙人，三言两语便可让我开怀、释怀。

比如，前同事 A 天生幽默。一次，在咖啡馆，她坐的位置正对着风口，她解下丝巾披在头上，我称呼她“阿依吐拉公主”，她马上应 :“是阿依土鳖公主。”

又如，前同事 B 时刻元气满满，什么事在她眼里都不是事。我常给她发短信请教问题，而她每次的回复开头都是“这事好办”。甭管是不是好办，反正看到这四个字，我顿时就能安心。

你也许以为我是个怀旧、恋旧的人。

是啊，每过一段时间，我便理直气壮向这些旧人发出邀约 :“快，好朋友就要经常见面！”现在，距我们从前单位分别已四年。

不过，另一些旧人，我今生都不想再见。

同样是前同事，Y 君喝醉了人闹，送他回家的途中，他几次要跳车，出租车司机警告在他身旁慌乱的两个女生（其中一个是我）：“他要是再打算跳，你们也一起跟着下车。”一次，他又醉，在饭店，让服务员将他吃完的水煮鱼再变出来，变不出来就要打人，年轻的服务员窘迫地看着我们。后来，听说 Y 君出席某场合，我已在去该地的路上了，立马扭头回家——和一个不断惹麻烦的人绝交，趋利避害，省时省力。

还有人不断失恋，不断倾诉，事后我发现其实遇人不淑，她自己不负全责也难辞其咎；还有人你帮他拉了一单生意，他却怀疑你的动机，“说吧，我 / 对方要给你多少回扣……”

最难忘的是，我曾为一个写作不错的朋友介绍过一家出版方。这个朋友要我保证对方财务透明、印数透明，总之他的利益均要我来作保，要落实到文字上，而其实我的出发点不过是热心。

我与这些人，统统都绝交了。

直到今天，我仍然重复以上的行为，常年顺手做各种“中介”，前提是不耗费精力，让我感到身心愉快，要么有价值，要么有效益，要么有趣，绝不做吃力不讨好的事情。

情绪常影响我的状态。

高兴时，一天能过得像一星期那么充实、高效；低落时，停滞不前，计划一个也落实不到现实中，所以我尽可能选择让我情绪高昂的事。和人的交往，也参照此标准。

你如果和我一样，易受情绪影响是最大的短板，那么请慎重选择交往对象、交往事宜。我们的感情如成本，要节约，在对谁心软、为谁热心的问题上，别心软，勿伤神。

第八章

番外篇

我们的生活总需要一些借口删繁就简，所有的借口都是为了维护自己。

37.

谁在安排你的生活

星期天，你享受着难得的清闲，打算看会儿书，听听音乐。

你正准备找音乐，手机铃响了，你看着屏幕上跳跃的名字，根本不想接，可铃声不依不饶，你叹口气，接了。

明明厌烦，接通的一刹那，你却解释："对不起，我刚才在洗手间。"

电话那头，哭声频传，你头皮发麻，朋友梁需要安慰——她经常需要，这一次不知是工作还是感情出现问题，你做好耳朵发烫的准备。

一个多小时过去了。

直到你听到手机里的嘟嘟声，还有别的电话，才终于摆脱喋喋不休的梁。

新电话是领导打来的，他给你布置新任务，但与工作无关："我晚上出席一场婚礼，帮我起草一份证婚人致辞。"

你完全可以说你不在家，但想想，觉得不好意思，你点头称是，"没问题"，转身打开电脑。

等你终于拼凑完致辞，你的一个师弟上线。你躲他不及，他已开始发笑脸问候，他说："师姐，帮我看看稿子吧。"

他几乎一看到你，就要给你发新作，然后提要求："帮我改改。""帮我推荐个地方发表。"

你曾试图封掉他，又唯恐被共同认识的人揭穿，于是你留着他在各种网络聊天工具上，如同留着一个时间恶瘤——这样的恶瘤，他不是唯一一个。

天快黑了，你还没听成音乐。

因为告别师弟，你突然想起，昨天答应一个同事代买某个品牌的化妆品，你家门口就有家打折店。你冲出门，同事眼里你只要来回花半小时的时间，但你在店里挑选、磨赠品，你买的时候有，现在没了，同事会怎么想？你和营业员说来说去，磨来磨去，你抱着一纸袋化妆品出门时，松了一口气，但你的一天已快过去。

问题是，你不开心。

你接收朋友梁的负面情绪时，对你的心理愉悦毫无建设，你偶一为之，出于友情，但她一而再，再而三，你早该明白你的倾听不能解决她的习惯性哀怨，只会预约她下次的倾诉。她把你当垃圾桶，而你眼睁睁地看着时间被扔进废纸篓。

你难以开口拒绝，因为你怕领导不高兴，怕师弟认为你不热情，怕同事说你不尽心。但尽心、热情……前提是帮别人忙，你高兴，忙帮得有意义。现在的情况是，你帮的忙十分之九是别人找谁都一样，只有十分之一，非你不行。这十分之一值得你两肋插刀，可十分之九呢？只因为你好说话，对方才会找到你，下一次，他们还找你。

你忙忙碌碌一天了，彻底没了听音乐的心情。

如果你早上在音乐中享受平静，你再翻开书，把你今天扔在废纸篓里的时间拿出三分之一来，起码能读一万字。

这些不重要，重要的是，这样的一天合乎你最初对美好星期日的想象，比你真实所过的有趣。

上周，妈妈告诉你，她很忙。

你觉得奇怪，她退休在家，老年大学正在放暑假，房子不过两三间，家务有限。

但某亲戚的孩子也放了假。“想来咱们家住一段时间，总不能拒绝吧。”

前领导的孩子要结婚，点名要“阿姨画的画”。妈妈业余时间专攻工笔画，家里满墙都是她的作品。“这也不能拒绝吧。”

前同事家要装修，而妈妈有装修经验。“让我陪着一起去建材市场，这更不能拒绝吧。”

谁都难得张一次嘴，谁都不能拒绝，你知道妈妈想要的是休息，或者和爸爸去郊区采摘，但现在她忙得不可开交。天太热，她有点儿中暑，她宁愿委屈自己，让位于人情。

昨天小周临时爽约，没和你一起健身。她说，她的大学同学突然造访，要接待。

其实那同学和小周关系一般，但“人家来北京出差，主动约我，我拒绝，不合适”。

小周悻悻：“要陪同学吃饭、购物还要玩，这几天就过去了。”你明白，小周更悻悻的是，她的健身计划耽搁了，“先让让位”。

所以，你想到自己。

让位。你今天让的是一个周末，明天还会让什么？

总有“就差你，快来”的聚会；总有某个同学的表哥找到你，请你改一篇论文；总有闺蜜柔声相求“陪我相亲”。

夜深人静，剩你一个人揉着惺忪睡眼赶报告。

地铁上，你用耳机隔出相对宁静的空间，才有机会好好读一本书。

你最好的时间总被突然出现的人或事占据，你最想做的事往往成为一种牺牲，最后变成奢求。你每次都让位，其实你对自己最狠心。

你并没有意识到，别人在置换你对生活的安排，从一天到几天到更久，渐渐地，一个又一个的个人组成了团队……

你打个寒战。

我不想将时间功利化，但我想告诉你，你的时间放在哪里，事关你和人生目标的距离。

如果你的人生目标是做一个饱学之士，今天你被耽误的一万字阅读，就是你和你的目标本来能缩短的一步。

如果你的人生目标是事业有成，你在网上浏览业内新闻也比敷衍师弟的稿子有建设性。

哪怕你什么都不想干，只想做个快乐的人呢。你今天别扭着、后悔着，倾听朋友梁的烦恼，她吐露给谁都一样的烦恼，你赔上你的时间，也不能解决她的问题，还耽误了你浮生偷得的半日闲。

就算没有人生目标，起码你对理想生活有个朦胧的想象吧。

你的妈妈想去郊区采摘，其实明天就能办到，但一天又一天不知道拖到什么时候才能实现。你如果劝说她明天就去实现，她就能提前享受理想的生活。哪怕只一天呢，也好过总碰不到边缘。

你也同理。

你必须知道对你来说最重要的是什么。

你的时间值得去做更有意义的事，你被耽搁、被置换得越多，你离你的目标、理想就越远。

那件最重要的事，才是你最该花时间的事。其次，是此时此刻能给你带来最大快乐的事。

总有人情世故，总有一些人际关系需要维系，故交近友，亲戚同事，但这些只占你生活的一部分，你的时间确实要献给亲情、友情，但不是全部。你该对时间、精力有分配计划。还有，你最重要的那件事不能让位。

你说，你的口碑很重要。

其实你的心里最清楚哪些是别人需要你、非你不行的十分之一，哪些是你可以拒绝的十分之九。你能把这十分之一做好，对人对己，都足够了。

你说，也许，下次别人会注意，类似的情况不会出现。

你不能被动指望别人发善心不再打扰你的生活，你要对自己的生活掌握主动权。你美好的今天、昨天还有某某天已经被置换，不拒绝，就无法杜绝，难道你还等待着烦恼复制下去？

别说你不好意思，任何人提出要求时，都是试探性的，虽然有人的姿态势在必得。除非当个老好人就是你的目标，否则，那十分之九该为你的人生目标、理想生活让位——还有什么比它们更重要呢？

我们从来无法控制会发生什么事，唯一可控的是面对事件时我们自己的态度——谁都不能安排你的生活，除了你自己，除非你同意。

38.

远离让你感到自卑的人

从前，我有个上司，能力很强。他不主动带徒弟，但言传身教，耳濡目染，跟他的人总能学到许多东西。他的履历金光闪闪，业界常有牛人表示与他相识于微时。他的脾气和他的成就成正比，他急起来便拍桌子、瞪眼睛，句句话戳心窝，公司上下无人不知。他最宠爱的膀臂，见了他，腿都直不起来，更别说那些刚入职的毕业生了。“太差了”“窝囊废”，类似的话，总在他入木三分的业务点评后，作为结束语。

一代新人换旧人，他的公司更新换代特别勤。

一个女生告诉我，有一天她下了班，在停车场迟迟没法发动车子。一抬头，镜子里，长发裹着一张哭泣的脸。“他的每一句话，都让我觉得自己很失败。”更让她受不了的是，一次，她和从外地赶来探望她的妈妈在街上偶遇了他。她介绍：“这是王总，这是我妈。”作为老板的他，不知是否对女生的工作有意见，竟扬长而去，连头都没冲这对母女点一下。

那天的经历让她难堪。“我当时真觉得自己像一个垃圾。”而从小到大，她都是妈妈的骄傲。女生心一横，跳槽了。

“跟着王总成长很快，但那成长伴随着自卑，现在走过原公司，我还有生理反应——不喜欢自己。”她挑选形容词时，斟酌半晌。

我点点头，谁不是呢？

从前，我有个女友，几乎完美。一百分的家世、成绩、婚姻，毕业经年，再见面，还有一百分的儿女。

她很努力。在凌晨发布的照片常是空荡无人的街，那时候她刚下班；而清晨六点，她又出现在晨跑的路上，与之相符的表情符号是一只做加油状的胳膊。好几次聚会，大家喝咖啡，她的电话络绎不绝。大家把孩子往游乐园一扔，在一旁闲话，她打开电脑，开始工作。晚上再看她的朋友圈，正是以我们为背景，她在电脑前的自拍。下面赞声一片，都说她“不浪费一点儿时间”。

是真不浪费。终于，她放下电脑，在餐桌上，与我们对话。很快，我就在之后的某一天，看到她又联系了什么客户，结交了什么朋友，做了什么新方案，而这些创意、人脉、新鲜灵感，很大一部分是那次聚会中，我们无意讨论、她有心获悉的。

再见面，大家便有些不自在。

当她不在的时候，大家的怨气终于爆发。

“她让我感觉自己很不上进。”“是啊，同样的机会，为什么我没抓住？”“我的灵光一现，她竟做出了方案。”“我说认识谁，第二天，就接到她的电话，求介绍……后来他们就单独联系。”“我们是不是在嫉妒？”

善良的人都在心里为自己画了个叉。

可渐渐地，聚会没有她了，有时是她忙，有时是大家忘了——不是刻意不通知，却也不再刻意通知。

直至，一个女友告诉我，已经屏蔽了她。女友说：“我总被人说，你看人家的事业……你们不是闺蜜吗？为什么人家能……而你……”

其实，我也屏蔽了她。

她像电影院里第一排站起来的人，在她身后的人都不得不站起来。只要关注她，类似自卑、自责的情绪就会围绕着我，可作为一个成年人，我为什么要被她左右，从而不喜欢自己呢？

我见过一对情侣，非常般配，十年感情，即将迈入婚姻。我参加过他俩主办的沙龙，大腕云集，女孩是主持人，男孩是主讲人。沙龙快结束时，女孩致辞，提到男孩，满满爱意：“如果没有他，这件事就做不成。”后来，我们开过一次会，他俩都在，女孩一发言，就被男孩拦下：“她说不清楚”“我来说”“你听我说”“是这样的”……

女孩终于什么也不说了。

男孩的 QQ 签名是“我爱老婆”，各种场合也没见他对女孩有二心。他今天忽然找到我，原来，试婚纱时，女孩竟向他提分手。他描述了当时场景——

打扮停当的女孩问：“好看吗？”他看了一眼，用一贯的口吻评价：“还成，反正颜值本来就不是你的强项。”一石激起千层浪。或者说，冰冻三尺非一日之寒。女孩当场脸色大变，将装修时他对自己品位的怀疑，挑戒指时他对自己要求的鄙夷，路边随便路过一个长腿的美女，他都会开玩笑“相比之下你就像一个矮冬瓜”……她将心里的苦和盘托出。

“想到未来几十年，都要忍耐你的语言暴力，想到你用一句‘只是笑话别介意’就可以解释，用‘一点儿小事也要生气’指责我，我就没信心继续了。”这是女孩给他的最后一条短信。

“一点儿小事，也要生气？”他问。

我忽然想起从前的上司、从前的女友，并说给男孩听。他们无一例外很优秀，某种程度上，对你来说，甚至有益。

“一个人不喜欢你，可能只是因为，你传递给他的信息，让他自卑。天长日久，负面情绪累积，他与其不喜欢自己，不如不喜欢你。”

容易自卑的你、我、他，都有这种选择的权利。

39.

别和没有欲望的人合作

前几年，我和部门一个小姑娘谈话。关于最近她的工作态度不佳。

小姑娘名牌大学毕业，本地人，新婚。

人清爽，格子间收拾得也清爽。多肉植物一排，爱看的书一排，精致玻璃瓶中总插着娇嫩的花，连附近餐馆的外卖单也被她装订成册，每到饭点儿，众人争相借阅。

我们在单位茶室谈话。

她坦承，态度消极，因为工种有变化。

她原负责宣传，现在，需要带着产品去客户那里详介。在我看来，这仍是宣传的一部分，而她却质疑："这不成了销售吗？"她的声音有点儿发颤。

显然，她觉得销售工作低于她对自己的定位。

我否认，并表示："即便是，也是一个很好的学习机会啊。"

我甚至分享了我的心路："刚入行时，我就想，要把这个行业的各个环节都体验一遍，最后回到擅长的。这样，我就通晓其中所有，天长日久，就会成为这个行业的专家。"

小姑娘一直乖巧地低着头，这时，忽然抬起来："可我从来没想过要成为专家啊。"

我被噎住了。

当晚，我辗转反侧：原来，人和人真的不一样，所以，以己推人就行不通。

回到小姑娘，她没想成为专家，对这个行业没有更多欲望，因此，我认为理所当然的事儿——进取、向好之心、去适应、去历练，她都觉得无法接受。这份工作无法对她有更多要求，因为她对自己没要求。

小姑娘后来离职了，我们还是朋友。

她发布的各种养生心得、美食心经，我都会点赞，但我知道，道不同，我们在职场就不会再有交集。

类似的事，之后，我又遇到一件。

一个大型项目，万事俱备，关键人物却突然抽身，理由是："做成了，又怎样？""这么麻烦，我又不缺这点儿钱。"

关键人物是项目发起人之一。

但发起也只是他的一时兴起。

项目进行到他要放弃前，我的大部分精力都耗在鼓励他、督促他上，以及夸他很厉害。

项目进行到他要放弃的那一刻，已不是一两个人的事了。器材、人员配备、提前沟通好的媒体、预付的资金……这时，因他的退出，几乎全报废了。

还是一个晚上，为不打扰家人，我把自己关在卫生间里接电话。

他在话筒那端，直呼我的全名，在这之前，我们是十几年的朋友，彼此的称呼都是姓前面加个“老”——

“接连跑了几个部门盖章，真烦。”

“每个项目刚开始，都这样。”

“某某办事不力，管人比自己做还麻烦。”

“捋顺了，就好了。”

“我干吗要这么累啊？”

“想做成，过程中，这是必经的阶段。”

“可我原有的生活不也很好吗？”

“……”

以上第一句都是他，第二句都是我，直到他坚决，我无言。

事已至此，挂断电话。我还呆坐在卫生间，对着窗，看窗外灯塔一眨一眨。

是我的错，我挑错了合作伙伴。

关键人物才华横溢，吸引我、启发我，但他性格恬淡，习惯宅而自得，本不适合接受挑战。

最重要的是，他对我们共同要做的，期许程度、想成事的欲望，都没我强烈，因此，我认为能克服的，他都不能忍。他一定会退出，不是在此刻，也会在某刻。有的人适合做朋友，不适合做战友，这件事就是我给自己的一个教训。

前两天，有客来访。

主客是某公司的一把手，副客我们之前见过，极力想促成一件事，他们落座，我们开会。

十五分钟后，我就知道，这件事不会成。事实上，他们进门的刹那，我就有了判断——主客和我握手时，只用指尖轻轻碰了碰我的手，不热情即不热切，不热切又有多少诚意？

果然，十五分钟内，他看了好几次手机，打断副客若干次，对我所说的，他明显该了解的，表示并不了解，我们没有进一步谈下去。

稍后，副客又联系我："何时再约？再谈？我们头儿问。"

我不确定究竟是谁问，但我的经验告诉我，他们头儿即主客，对此事的欲望有限，他的无准备、心不在焉已经泄露，而成事的欲望决定做事的激情、配合度、成功率。

我以稍后再约婉拒了。

我只是不想浪费时间。

这些年，我越来越意识到，做一件事，实现一个目标，一定要和同类、与你有同样期待的人在一起。

我节省精力的法宝中包括这项：不和没有欲望的人合作，正如一个专做畅销书的编辑只签想红的作者。

这样才不会寂寞，不会做无用功。

40.

别把时间浪费在情绪上

一次活动，提问环节，有位大学生抢过话筒。

她问台上的我："如果回到十年前,你最想对那时自己说什么？"

我也拿起话筒。

沉吟一会儿，我说："标准答案是'早点儿买房'。"

现场爆发出一阵笑声，但我没说完——

"可十年前的我应届毕业，即便有买房的意识，也没有足够的收入。所以，如果我能回到十年前，给那时的自己一句忠告，一定是'别把时间浪费在情绪上。'"

笑声渐渐止住，阶梯教室一片肃静。

我对着一排排年轻的面孔，如对着十年前的自己，回顾。

十年前，我研究生毕业，在北京做一份出版社编辑的工作。

看似体面，实则压抑，老牌国企的暮气，如单位的长廊一样——每天下午四点，唯一的光源只有走廊尽头的一扇窗，灰尘在阳光下舞蹈，红木地板铺上同色地毯，阴郁、深沉，而在这之上的人们闲聊着，都在等待下班、等待退休。

努力策划的选题总也不过，不过的原因通常有两种——

市场上已有的，我们在重复，不能做。

市场上没有的，未经验证，也不能做。

初出茅庐的锐气在几次碰壁后，几乎要消失了。

杂务很多，成果很少，办公室里的年轻人常常着急忙慌地完成领导一时兴起下达的命令后，面面相觑，不知道明天又要做什么，未来在哪里。

我还记得，每天晚上回家的抱怨。

说是家，其实是我和校友张合租的小屋。

刚工作的我们都有怨气，一说起就忍不住叹气，好几次我们都流泪了，但又互相羡慕……

我羡慕张在电视台做编导，做自己喜欢的项目。

张羡慕我有编制，电视台迟迟拖延她的相关待遇，令她气馁。

更多时候，我们不发一言，各玩各的电脑，张看电影，我泡论坛，愁眉苦脸，焦虑着，度过一夜又一夜。

最焦虑时，我不断刷新招聘网站，看有无合适我的工作可以换。但其实徒劳，我和单位签了五年死约，作为解决户口的代价。

最焦虑时，我不断研究有关法律条令，如果违约，我需要赔付多少，研究明白也就绝望了，那实在是初入社会的我难以承担的。

最焦虑时，在外地做驻站记者的男朋友回来看我，我免不了又扑在他怀里哭了一场。

最初是安慰，而后是不耐烦，在假期结束前，他终于疑惑地问我：“你与其在这儿哭泣，为什么不干点儿实在的事儿？比如，你从前在学校时，写了那么多文章，现在呢？”

是啊，读书时，我在各式论坛上写连载，曾每天五千字，最多的一天写了一万二千字，连这个男朋友都是从粉丝变成恋人的。

“现在呢？”

男朋友又回驻地了。

毕业两年后，我才重新拿起笔，把一度长吁短叹的时间用来写作。

一夜又一夜。

写作之路抛开辛苦，还算顺利。

我很快在一家报纸开设专栏，继而在各式期刊上看见自己的名字，甚至等我终于可以换工作时，去了其中的一家。

心情也好多了。工作碰壁时，觉得人生没有希望时，我就打开办公桌的抽屉，看样刊样报上的名字，鼓励自己：“你还是有优点的。”

我后来竟发现，其实心情也没有必要不好，那些在本单位没有办法做的选题，只要认真、努力地准备过，用别的方式在别的单位也能开展。

后来，我成为一个热爱出版的人。

哎，我浪费了两年时间啊。

“现在看来，那些抱怨、焦虑、抑郁、一夜一夜的互相吐槽是最没有用的。我追悔莫及。其实我这十年等于八年。如果能回到十年前，我不会把时间浪费在情绪上。节省那些横冲直撞、唉声叹气的日子，去做改变。越早，相信我的今天会越好。”

他们鼓起掌。

掌声稍歇，刚才提问的学生又站起来了。

“可是，有时真的很难过啊！情绪堆积时，如何排遣情绪呢？我们又不是木头人。”

我笑了。

“去解决问题！不知道怎么解决，就去阅读、去写、去运动、去做一切可能做的事儿。找一张白纸，把能想到的、马上能操作的，列出来，一一实现，就是不能让自己闲着。做才能改变，抱怨和哭都不能。”

那一刻，好像，十年前的自己，真在面前。

祝她好运。

41.

给我一罐巧克力糖

一个周末的下午，我接到一通电话。

在此之前，我靠在沙发上，腿上搁着本小说，热茶离手十厘米，阳光明媚，岁月静好。

电话毁了这一切。

对方是位熟人，声音尖锐，口气不容置辩。她质问的事儿听起来可笑——

一个项目，我们曾共同竞争过；之后，我动了场小手术，自动退场；现在，项目进入第二季，甲方通知她不用继续，她理所当然地认为是因为我的介入。

“你真卑鄙！”挂断电话前，她愤愤道。

自始至终，我都没机会插嘴，我忙着在她激动的表达中拼凑事件的经过。

说实话，如果不是她告诉我，我根本不知道项目还有第二季，更不知道，她与此绝缘。

等我反应过来，拨电话过去，她似乎已把我设置为阻止来电。

我用微信发消息，意料之中，提醒我已不是对方好友。

委屈、愤懑、莫名其妙。

我气得在房间里来回踱步，小说扔在地上，同时被扔的还有沙发靠枕。

一个美好的下午，就此报销。

等我绕了几圈，绕回沙发前，看见茶几上有一罐糖。我大力拧开盖了，抓起其中的一颗，撕破糖纸，塞进嘴里，咬牙切齿地嚼。瞬间，平静了。

糖，没有任何特别。

只是，在用力咀嚼下，硬的糖衣里流出软的巧克力浆液，在舌尖铺开，有点儿凉，让我的口腔极速降温。

我忽然想起，这罐糖还是我过年时买的年货，今天才吃第一颗。

“好吧，以此纪念，新年以来，我第一次生气。”

“可我为什么要生气？为别人的过错买单？别人发神经，说一句，我就头昏、脑涨、心悸、浪费时间？”

我看看糖罐的包装，“八十颗”，再看看日历，新年过了十八天。

我握着糖罐，暗暗发誓——

“今年，我生气的配额就是八十次。发一次火吃一颗糖，发完就得忍耐；没用完配额，就自我奖励，立此存照。”

再想想刚才发生的事儿，我竟笑了。

“为一个莫名其妙的人，我已用掉一份配额，岂不是更莫名其妙？”

我决定，不生气了。

那罐糖，被我放在房间最显著的位置，一年。

说来奇怪，自从计数，我便小心使用配额。

一个员工，入职十天，消失了。

几天后，他发微信给我：“觉得在老家，做微商更有前途，不如一别两宽，各生欢喜。”

那是半夜，我被手机的提示音惊醒。我怒从心来：不靠谱的人怎么这么多？又惭愧：为什么面试时，我竟判断他是靠谱的？

黑暗里，我披衣起床，摸索糖罐，酝酿着严厉批评的措辞。

“为不靠谱的人大半夜吃颗糖，值得吗？”就要撕开糖纸，我却悬崖勒马，“该咋办咋办，明天再办，对我来说，也是个教训。”

我竟单纯为怕胖，克制了怒气和表达。第二天醒来，又好像并没什么，除了还要继续招聘，这让我有些头大。

悬崖勒马的不止这一次。

一日，丈夫打游戏至凌晨三点半，久唤无效，我打算好好发一场火。

糖纸已经撕开，拳头已经捏白，想想还是不值得——为任何人半夜吃颗糖都不值得。于是，我走过去，把糖挤进他的嘴里，也算一种报复。而他惊恐莫名，完全摸不着头绪，吃完糖，洗洗睡了。

以此类推，好几次，我想发火，干脆向对面的人说："先吃颗糖吧。"

对方反而先缓和。

有时，没缓和，但因吃糖停顿、冷却的片刻，双方也仿佛冷静了，继续谈或不谈，却不会选择争吵。

还有好几次，我有足够的理由支撑怒火，烦躁得想横扫桌面，我已经开始吃糖。

但，巧克力汁液"噗"地在舌尖流出，糖软了，人也不由得软下来——算了吧。

令人愉悦的甜也在呼唤："没那么糟糕！""何苦呢？何必呢？"

这些声音一再提醒我，拯救我。

于是，要不要吃糖，成为一种衡量。决定剥开糖纸，像一个仪式。咀嚼，是给自己最后一次思考的机会。凝视糖罐，复习每一颗糖的耗损，成了吾日三省吾身的方式。

年底结算，我的糖罐里还剩四十六颗糖，全年共计动怒、不高兴、生气三十四场，其中一些，吃糖的过程中，就决定算了，最终没爆发。

我还统计了类别，因公的、因私的、因某个具体的人的、因误会的、因观点的、因维护权益的……

一些事，必须表明态度。

一些愤怒的宣泄，有助于我的健康。

一些人，老让我不舒服，那就拜拜吧。

只是，无效的、极端的、纯粹的负面情绪请离我远点儿、更远点儿……

新的一年前夕，我又去买年货。

我先估算了下，去年剩下的四十六颗糖等于多少时间、精力，生理、心理的舒适度，亲密关系的免受损度；我买了一只价值相当的好包，送自己，作礼物。

当然，我还买了一罐糖，我希望它不要被我吃完。

我把糖罐放在案头，我专门留了一颗藏在随身的皮夹里，以备不时之需。

一天，付账时，一个朋友看见了，他问我："你有低血糖吗？要随身带糖？"

我解释了原委，他哈哈大笑，原来，他也有类似经历。

"每当我妻子为什么事儿不高兴时，我就问她：'你打算生多少钱的气？'等她算清楚，就几乎不生气了。

"比如，她为从超市买了一根不怎么黏的胶棒不高兴，这不高兴值两块钱；她为我牙膏没从后面挤，而从前面挤不高兴，这不高兴值五块钱。

"到目前为止，她生过价格最高的气，是二百块钱，因为迟到，我俩改签了火车的车次，可那也不值得和我大吵一架吧？实在要吵，我就发个红包给她。”

轮到我笑。

“其实，当所有的负面情绪都能用价格、次数等方式量化，你就会尽可能降低它出现的频率。解决它，你就能够掌控了你的心情，你的生活。”

我合上皮夹，糖在其中，安然放了好几个月了。

42.

遇到一双不怀好意的眼睛

总在不经意时，遇到一双不怀好意的眼睛。比如，小缇。

没转正时，她的工资一个月不足千元。幸好吃住都在家里，工资就当零花钱，经济问题，小缇从没在意。工作没几个月，就到了国庆、中秋双节，过节费 800 元在小缇看来绝对是意外收入。她一激动，上午领到钱，中午就去商场潇洒了，下午上班，她穿着崭新的外套兴冲冲闯进办公室，张哥最先看到。

张哥问 :“刚买的？”小缇喜气洋洋回答 :“是！”张哥又问 :“多少钱？我也给我老婆来一件！”小缇扑哧一下笑了，“799！付了账，我就回到解放前了！”

张哥当时没说什么，只夸衣服好看，可没到下班呢，整层楼都传遍了，连领导都知道小缇买了新衣服。传遍的还有一句话 :“新来的大学生一件衣服就 800 块钱，咱单位这点儿钱能留得住人吗？”

小缇只恨不得锯掉自己的舌头——她确定只跟张哥说过衣服的价钱。

还有小彦。

那次回家探亲，小彦和妈妈出去买菜。小区里人来人往，小彦和妈妈走着笑着，发现迎面而来的是妈妈退休前的同事李阿姨。

小彦曾是本厂子弟的传奇，本市第一名的高考成绩，足以让父母在全厂同龄人面前笑傲。李阿姨看到小彦，先是握住她的手亲热地寒暄，再关心地问："有男朋友吗……是要找个好的！咱们小彦这么优秀！"

等到小彦回上海上班，电话里，妈妈跟小彦聊天。有一天，李阿姨带外孙散步时，在小区中心，跟众人嗟叹："女孩子太强了恐怕真的嫁不掉！高考状元又怎么样呢？我闺女和小彦一样大，我都抱上外孙了！"如今，全厂都知道小彦还待字闺中。

妈妈有些生气，可言外之意还是让小彦抓紧个人问题，给她争点儿气。小彦还记得李阿姨那天紧紧抓住她的湿热的手心，叮嘱"一个人在外面要好好照顾自己"。现在，小彦有些郁闷，不知那关切几分是真几分是假。

小缇和小彦都经历了相似的遭遇。

你也许会说，那些不怀好意的眼睛从本质上无法改变他们的工作或生活，"走自己的路让别人去说吧"，但你并没意识到，那些经意或者不经意的言辞带给她们的伤害。

现在，从同事到领导，都知道小缇花钱大手大脚，再加上张哥添油加醋的评论"咱单位这点儿钱能留得住人吗"，也让人不禁觉得小缇人浮躁，起码是高调。更重要的是，还有潜台词，"咱单位这点儿钱"，即在这样的单位，小缇的大手大脚引发了包括张哥在内众同事的心理失衡，小缇在不自知中就被动地和别人划分了界限；“能留得住人吗”又成为领导考虑小缇的另一因素。

张哥究竟是不是在故意破坏小缇的群众关系，她不确定，但实际效果是，小缇的处境比之前被动。那么，如果继续下去，小缇会不会还有新的素材让张哥发挥？

小彦和小缇一样，错把“套话”当关心，李阿姨湿热的手心温度犹在，“女孩子太强嫁不出去”的话却又在耳畔回响。小彦被攻击的也确实是内心感到最虚弱的地方，没有男朋友是不争的事实，一时半会儿也没办法解决。

不过，让小彦最烦恼的，还是平白无故做了别人茶余饭后的谈资。一想到李阿姨把她当八卦，在她身上总结人生经验，小彦就泄气；而李阿姨的话传到妈妈耳朵里，妈妈心情不好，又转嫁到小彦身上，被转嫁的还有“一定要嫁掉”的压力。

看到了吧？

不是一句“走自己的路让别人去说吧”那么简单，我们都是活在层层社会关系里的人，那些暗地观察我们的眼睛，那些随时等待发出的评判，随之带来的是对我们社会关系程度不一的影响。面对这些，我们真的能做到完全不在乎吗？

让我们分析一下那些不怀好意的眼睛。

忌妒排行第一。

见不得别人比自己好，是人类共通的私密、阴暗心理，只不过有的人加以控制，有的人无意识放纵。

李阿姨用自己的女儿和小彦比，高考也好、之后的工作也好，都无法企及，唯一能比的就是结婚、生子。所以“女孩太强了嫁不掉”与其说是攻击，不如说是由妒忌引起的自我心理补偿，补偿她女儿不如小彦这件事带给她的失落。

忌妒还能引发另一种心理，即视人为潜在威胁。

然后是控制欲。攻击一个人，从攻击者来说，一方面是为了发泄情绪，另一方面也是为了让被攻击者受到影响——无论是破坏对方的名誉，还是造成不良后果，或者只是让对方为此而心情不适。

生活不如意、现状无法改变、怎么用功也比不上别人，这足以让一些人心生怨气。他们整日用挑剔的眼光，捕捉别人态度不太明朗的信息，加以想象，并在“适当”的时机表现出来。

当然还有另外一种情况，那就是张哥或者李阿姨，他们本身或许并无恶意，只是出于某种习惯，把看到的听来的一股脑儿传递出去，其中夹杂了一些个人评判、爱恨好恶。这些情绪随着事件本身在人际间传播，并被不断放大，最终造成了伤害。

你吃过亏，但你总结过经验，这些不怀好意究竟是谁引起的吗？

你可以选择说话滴水不漏，你很明白有的人就是要找你麻烦，等着你出错，你就偏偏不能让他捕捉到错。

比如，小彦再回家时，李阿姨和好几个阿姨都看到她了，李阿姨问：“小彦有男朋友吗？”小彦有经验了，回答道：“好几个人追求，咱还不得好好挑挑，别不明不白匆匆忙忙地就嫁了。”几位阿姨面面相觑，再一看小彦满面春风，也不像大龄剩女被攻到要害啊？

因为别人的态度产生恶劣情绪，一味自怨、自责、自怜，显然不是聪明的做法。不让这些意外事件影响你，控制你，这是无声却有力的反击。

小缇在想一个问题：张哥怎么会是这样的人？

每天都在刻意地观察周围的人，挑错、传播，对他有什么好处？小缇想上前对张哥说，“收起你那套鬼把戏”，却终究没有做。

不是不敢，而是小缇有点儿可怜他。今天，小缇主动将经理的门打开，里面正窃窃私语的众人看到她立刻作鸟兽散，小缇干脆拖着他们问：“有什么新闻，说给我听听。”大家反倒被将了一军。小缇又拉着张哥：“究竟是什么新闻？”张哥的脸红了——原来，她不是不会自保。

下班路上，有同事问小缇：“听说张哥……”小缇却打岔打了过去。

其实，谁没有值得说的一些毛病呢？

不止一次了，小缇看到张哥用办公室的复印机给儿子印试卷，也不止一次，听到张哥用办公室的电话打私人电话。

小缇只是不想说是非，她隐隐觉得，那些不怀好意的眼睛窥视着你，攻击着你，对你最大的伤害就是让你也成为和他们一样的人。

那些“大灰狼”都曾是“小白兔”吧？所以，拒绝变成“大灰狼”，是对他们最大的反击。

43.

职场人：你为什么借口这么多

说个赵钱孙李的故事吧。

这是周一。赵推开会议室的门，例会已进行过半。

领导正说到兴起处，此刻顿住，问赵："怎么又迟到了？"赵强作镇定地回答："地铁突然停了，我等了好一会儿，才开。"

领导无话可说，点头示意赵进来，赵在同事们的注视下走到座位，他呼出一口气——幸好想了这条理由，要是说实话"起晚了"，领导还不发飙？

领导把头转向钱："销售回款表呢？"

周五下午，领导让钱把本月的销售回款情况做个表，周一早上开会用。周五没做完，周末两天，钱忙着约会、逛街，把表格抛在脑后。虽然今天钱一上班就打开电脑，敲击键盘忙活着，可到开会时也没完成。"就快做完了。"钱说。领导脸一沉："就快做完了？！"

钱嗫嚅着："我不是故意的……周末我做着表，家里断网了……"

领导挥挥手："我不想听你解释，这次是断网，上次是停电，上上次是你叔叔突然来北京，你要去接站！"

终于等到散会，各司其职，各就各位。

孙接了个电话，他说："我最近老出差，真是对不起，等我回来再说吧。"同事们都看着他，明明他人就在办公室啊！挂了电话，孙解释，他答应女友的叔叔去辅导女友的堂妹英语，可去了一两次就嫌耽误时间，渐渐不去。现在女友叔叔问起来，孙开罪不得，又实在不情愿，只好找个借口开脱。同事们无不理解地点点头。

某同事突然叹了口气。

他正在和设计师李在微信上沟通，他催李赶紧拿出设计方案。可李说，他的车刚被追尾。某同事显得有些无奈："我只能答应李缓两天再交方案，可谁知道这回，他是不是又在找借口拖稿呢？上回，李的理由是他要去香港参加展览；上上回，说他爱人骨折住院，还有一回，他说孩子病了……我究竟该不该相信他呢？"

大家七嘴八舌地讨论着，赵、钱、孙三人却没加入。

其实，这个故事想要说下去，能举的例子还有很多。比如，同事周某和朋友约好聚会，临了反悔，他发短信："加班，去不了。"几次爽约，朋友圈子里盛传周不靠谱。

又比如，刚才主持会议的领导姓吴。他在体检中被告知有脂肪肝，但刚向妻子承诺少喝酒，又大醉而归，他说："这次情况特殊……"可下次照旧。不过下次的说辞变了："老总在，我要替他挡酒！"直至有一天，妻子忍不住问吴："为什么每次你都有理由？"

再比如，七嘴八舌参与讨论的还有……故事真的要说下去，百家姓恐怕也不够用呢。

理由无处不在，解释每一刻都在进行。赵钱孙李等人的故事中，总有一些你我的影子。

我们试着分析一下，所谓理由，能分成两种：一种是真的，另一种是假的，而假的或可称为借口。当别人问我们："你为什么总是理由那么多"时，更多指责的是我们的借口多。

那么，为什么要找借口呢？

动机一，不想做什么时，找借口为了不做。故事中，孙不想辅导女友堂妹英语，周拒绝朋友时发的短信，都不约而同找了此类借口。

此类借口的目标效应是两全，既解放自己，又不得罪对方。否则，岂不采用直接拒绝更有效？

动机二，做错什么时，找借口以规避风险，逃避责任。

赵开会迟到，吴有脂肪肝还喝得烂醉，不能说不是错。领导的批评、家人的责问不能说不是烦恼。有个合适的借口，最好是不以主观意志为转移的借口，便犹如一把降落伞给予从高空抛下的人们安全感。

而钱没按时完成工作，设计师李屡屡将方案交付的时间延期，这属于工作上的失误。找借口，则为失误找到除己之外的另一方承担责任，起码是分担责任。

此类借口的目标效应很明显，有个合适的借口，显得情有可原，事出有因，即便酿成错，要接受惩罚，也兴许能落个从轻发落。

因此从目标效应来看，借口是将事情往利己的方向推进，而前提在于，听我们说借口的人相信借口的真实性。

问题的关键是，他们相信吗？

赵开口解释前，领导问："怎么又迟到了？"可见此前，赵迟到过，并曾做过类似解释，领导的言外之意是：这次又有什么借口？

对于钱的解释，领导根本不想听，并举例"上次……上上次……"

李的借口涵盖甚广，涉及交通、医疗、文化等方面，情节近乎荒诞，以至于接受解释的人不禁问："我究竟该不该相信他呢？"

……

由此可见，解释一次还行，解释多了，真的理由看起来也像借口，何况本来很有可能就是借口呢？

次次有借口，前提被动摇，借口的真实性一旦被怀疑，它的目标效应便会打折，而日积月累，直至借口的真实性也会被推翻。

我们可由此推论——

你最初找借口，为了不做什么，拒绝什么，又不想得罪人。久而久之，你屡屡爽约，众人或口口相传，或心照不宣，你是个不靠谱、不值得信任的人。

所以，孙真的因为忙，不给女友家帮忙，女友家人也会半信半疑，甚至怀疑"他靠得住吗"。

你最初找借口，为了开脱自己，少承担点儿责任。久而久之，没有人敢给你委以重任，你不知道会失去什么样的机会，也不知道那些机会原本会给你的人生带来多大的改变。

所以，钱只会被分配去做不重要的工作。

你最初找借口，为你做错、做得不好的事显得情有可原。久而久之，你穷尽想象，所罗列出的各式借口都用过一遍，当你真的某次做错、做得不好，有合情合理的理由时，没有人相信，也不再情有可原。

所以，设计师李的客户会越来越少，以终止合作为结局的次数越来越多。

……

找借口的最初目标和实际结果有点儿对不上了吧。

其实,借口说了比不说糟。如何从一开始就避免借口的出现呢?不靠谱的事情不要答应。

有着动机一的孙和周，看起来最无辜。他们的错误在于，不该事先答应了人，再临时改主意，更不该改了主意，又怕得罪人，找借口推托。如果从一开始，孙和周就能考虑到所答应的事未必能完成，不把话说满，即便届时变卦，也比答应了再推托显得可信赖。

既然答应了别人，就要尽量做到。

信任是一种累积，哪怕表现在小事上。因为惰性，而失去好口碑，得不偿失。日久天长，你会发现圈子里大家把你当作一个靠谱的人，是你意想不到的优势。

真的做不到，就要陈述实情，直接拒绝。

“拖”绝不是万能钥匙,一次让人不满意比多次让人不满意好。你觉得孙给女友叔叔的回话“最近出差，回来再说”，会杜绝女友叔叔继续来电吗？孙在日后还会继续找借口，这些借口累积的负面效应比最初拒绝大多了。

不要试图推卸责任。

不是事出有因,就能得到原谅。只因你最想与之解释的那个人，大多在你们共处的事件中，与你呈对应关系。他想要的绝不是解释——为什么没做好，而是问题的解决。所以，如果钱在会前就能把打印好的表格放在领导的办公桌上，李把设计方案如期发送，比任何听起来合情合理的借口都有效得多。吴从此滴酒不沾，赵对好闹钟提前出门确保此后开会不迟到……这些不仅能避免借口出现，也是根治借口、消除借口带来负面效应的最终解决方案。

解决永远比解释重要，要不，领导怎么会对钱咆哮“我不想听你解释”呢？

好钢用在刀刃上，好借口呢？

郑终于出现了。

国庆，郑打算自驾回趟老家。

某中学同学的表弟也在北京，无意间得知这一消息，打电话给郑：“大哥，捎我一起回吧，我行李多……女朋友也想跟我一起回去……”

郑其实把自驾车当作一场旅行的，他只想和家人在一起。再说密闭的空间多了两张不熟悉的脸，一对情侣间叽叽喳喳的嘴……郑在第一时间拒绝了同学的表弟：“不好意思，我要先送我的丈母娘回天津，在那儿住几天，再回老家！”

挂掉电话，郑一身轻松。

我们的生活总需要一些借口删繁就简，所有的借口都是为了维护自己。而好借口的前提是合情合理，不涉及信任，也不涉及责任；还有，偶一为之方显功效。

MARK
麦客文化